LA ISLA TRANQUILA

Mo de la Fuente

ISBN: 978-1505955071
Diseño Cubierta: Javi de la Fuente
Fotografía: Hernán Maíllo

http://ojalapaula.blogspot.com.es/

https://www.facebook.com/mo.delafuente

Twitter @ModelaFuente

Para mi hermano, que me enseñó a crecer

"Si quiero estar bien algún día, tendré que ganármelo"

Cartas Cruzadas, de Markus Zusak

"*We all float down here!*"

It, by Stephen King

Capítulo 1

El rojizo atardecer se estira despacio, como un gato tras la siesta, convirtiendo en espectáculo el cielo que cubre la pequeña isla adormilada, ansiosa de oscuridad que la despeje del sofocante calor del día. Apenas un par de nubes blancas y esponjosas han osado ocultar el sol durante escasos instantes, obligando a los turistas a alzar sus miradas preocupadas y volverlas después, ya tranquilas, hacia la playa donde los hijos juegan en el agua, sus pieles se broncean y algunas penas desaparecen al ritmo del discreto oleaje. Los barcos han ido vomitando personas en cada llegada para, más tarde, volverlas a engullir, arrastrando neveras portátiles, bolsas de supermercado que llegaron hinchadas y vuelven escuálidas, flotadores, bronceadores, sombrillas y algún sueño de vejez tranquila, mientras el incipiente ronroneo de la vuelta al trabajo se va volviendo insoportablemente insistente a medida que la plana silueta de la isla se aleja en el horizonte.

Los que quedan son pocos: algunos visitantes que pernoctan en el único hotel de la isla, los escasos privilegiados que ocupan las viviendas de alquiler y los aún más escasos locales que se refugian en sus casas hasta que parte el último barco, y el mar, el viento, los gatos y las gaviotas. Poco peso para ese pedazo de tierra envuelto en agua.

Cuando el sol, por fin, desaparece dando paso a una noche estrellada, el alma de Tabarca respira la fresca brisa del negro mar que la rodea, permitiendo el sueño tranquilo de sus habitantes a los que mece en su profunda calma. Sin embargo, esta noche la pequeña isla se resquebraja con una voz de mujer quien, en sueños, grita un nombre, y la angustia de ese alarido recorre como una serpiente cada piedra, cada muro, cada gruta y cada roca que asoma al mar.

CAPÍTULO 2

Hernán oculta la cabeza entre las manos, evitando el azul horizonte que se extiende ante su mirada. Se siente mareado y humillado: mareado a causa del maldito mar y humillado debido a sus errores. El último caso, tiene que reconocerlo, resultó un completo desastre. Si no hubiera estado pensando en Blanca todo habría sido distinto, pero hay cosas que no se pueden evitar. Aún ahora le cuesta aceptar la decepción, el engaño y, por encima de todo, el ser consciente de que no es capaz de olvidarla. Cada mañana su primer pensamiento es de Blanca, maldice el recuerdo de su piel, el olor de su cuerpo. ¡Joder!, añora su coño humedecido, los pezones duros entre sus dientes, la boca entreabierta pidiendo algo más, algo que él nunca encontró. Extraña su risa y la forma de su cintura entre sus manos mientras bailaban. A Blanca le encantaba bailar; a veces se despertaba en mitad de la noche y hacían el amor; otras, le pedía al oído que bailase con ella. Habría hecho cualquier cosa por no perderla.

Las ganas de vomitar aumentan con cada balanceo del barco y los gritos de los niños que corretean por la cubierta no mejoran su dolor de cabeza. Tampoco ayuda el que la noche anterior se hubiese bebido una botella entera de vino, pero los recuerdos habían sido especialmente dolorosos. A finales de Junio, tres años atrás, había conocido a Blanca y, de repente, aquellos días se colaron sin aviso tras la cena solitaria en su apartamento. Desde el sofá contemplaba la luna, y la brisa entraba sigilosa inundando la casa de olores familiares. Entonces la echó tanto de menos que creyó que se rompería. Puede que beber no fuese la mejor opción pero, desde luego, no parecía tan mala como la de asomarse al balcón y dejarse caer cuatro pisos hasta el suelo. Aunque quizá la segunda hubiera sido más productiva. *Muerto el perro, se acabó la rabia*, murmura Hernán entre dientes ante la mirada sorprendida y asustada de un chaval de pelo tan rubio que parece blanco. No se molesta en devolverle una sonrisa tranquilizadora. *¡Que le den por culo!*, piensa. El muchacho parece escuchar sus pensamientos porque no tarda en correr hasta el nido paterno y en un idioma, que Hernán supone alemán, comienza a lloriquear a la vez que el padre, tan rubio como el niño, lanza miradas reprobatorias en dirección al inspector. Hernán oculta de nuevo la cabeza entre las manos, no va a pelearse con un tipo que mide más de dos metros. Bastante tiene con intentar llegar a su destino sin llenar el apestoso barco de vómito y babas. Tendría su gracia desembarcar en el trozo de tierra que ya vislumbra y presentarse ante la autoridad competente como un completo cerdo, mal dormido y pestilente. En su fuero interno, le da lo mismo. El exceso de vino no ha conseguido atenuar el exceso de Blanca. Quizá es hora de irse acostumbrando a esta nueva vida, llena de ausencia y repleta de hastío.

El perfil de Tabarca se va acercando y ahora Hernán observa el que será su hogar hasta nuevo aviso. Espera encontrar pronto a la chica desaparecida, porque ya se ahoga ante la visión de tanto mar y tan poca tierra que pisar. Ha leído que la isla no llega a los dos kilómetros de extensión y que, durante el invierno, apenas si está habitada. Unas doce familias pasan sus noches y sus días recluidos en la nada. ¿Cómo puede ningún ser humano soportar tanto tedio? Ojalá el caso se resuelva pronto y bien, y los jefes se vean obligados a acogerlo entre sus brazos, enviándolo de nuevo a su ciudad desbordante de gente desconocida, de tráfico, de contaminación, de cines y restaurantes. A la ciudad donde Blanca ya no está pero también la que conserva su esencia.

Los críos, casi todos parecen alemanes, chillan aún más, si eso es posible. La llegada a su destino se puede tocar con la mano y eso los excita. Hernán tiene que sujetarse la cabeza para no caer desplomado. Espera que la bienvenida no se alargue. Desea tumbarse en la habitación del hotel cuanto antes. No espera gran cosa pero lo único que necesita en estos momentos es una cama y un baño donde poder volcar el estómago entero.

Suena el pitido del barco y los turistas comienzan a recoger bártulos, dispuestos a invadir la isla en pocos instantes. Cargados de mochilas, sombrillas y flotadores, esbozan una sonrisa que parece idéntica en todos los semblantes. Si se colocaran en fila, su bocas formarían una perfecta ondulación continua, una sinuosa y feliz serpiente. El único que desentona en tan jubiloso ambiente es Hernán, que no se ha levantado impaciente ante el final del trayecto, sino que continua en la misma posición intentando mantener la compostura. Hasta que el barco no pare, no piensa moverse de allí. No sabe con certeza quién lo estará esperando en el embarcadero, aunque reza para que sea un hombre de pocas palabras. Por fin el barco para sus motores y Hernán deja que la marabunta vaya saliendo para después levantarse. Al hacerlo, el mareo se acentúa y ha de sujetarse en el respaldo de las sillas que va encontrando a su paso. Una bocanada de aire caliente le da la bienvenida al infierno, acompañada de una intensidad lumínica que le taladra el cerebro a través de los ojos. Ha olvidado las gafas de sol, una buena idea teniendo en cuenta que las probabilidades de ver un cielo nublado sobre la isla deben de ser de un uno por ciento. Con el ligero equipaje en una mano baja las escalerillas que lo libran del odioso ir y venir de la mar. Ya en tierra firme, echa un vistazo alrededor en busca de su embajador en Tabarca. Por allí solamente quedan un par de chavales repartiendo menús de los restaurantes cercanos. Emprende la marcha hacia la isla, no sin antes cargarse de papeles con precios y fotos de platos que incrementan sus ganas de vomitar. Se para al final del puerto, temeroso de abandonar la techumbre que lo resguarda del sol. Si no viene nadie a buscarlo tendrá que caminar sin rumbo hasta encontrar el hotel. No será difícil teniendo en cuenta las cuatro casas que ve desde donde se encuentra. Cuando está a punto de perder la paciencia y la escasa energía que le permite mantenerse en pie, aparece un policía que llega corriendo y levantando polvo a su paso. Lleva el uniforme de verano, con su camisa azul y su pantalón corto del mismo color. A Hernán, a pesar de su lamentable estado, le entran ganas de reír ante lo que parece más un niño al salir del colegio que todo un señor policía. La sensación se acentúa aún más cuando el hombre, moreno y bien esculpido, se acerca al inspector con la lengua fuera. Un hoyuelo en cada mejilla, la nariz cubierta de pecas y unos ojos que derraman inocencia permiten apreciar al crío que fue años atrás.

—Inspector Villanueva, ¿verdad? —pregunta, con la respiración entrecortada por el esfuerzo.

—El mismo —contesta Hernán. ¿Quién más puede ser sin bañador y sin la estúpida sonrisa de turista?

—Lo siento, señor . Tuve que atender a una mujer que tenía un ataque de ansiedad y...

—Está bien. El deber es el deber —contesta el inspector acallando una carcajada. *Menuda cantidad de trabajo deben de tener por aquí. Estos se ahogan en un vaso de agua. Una mujer con ansiedad... ¡vamos!*, piensa Hernán.

—Gracias, señor, por ser tan comprensivo.

Hernán echa a andar delante del policía. No quiere que vea su sonrisa. Pero este tipo, ¿de dónde ha salido? Habla como si estuviera en el siglo XIX. En silencio llegan hasta el hotel y el policía entra para hablar con el recepcionista. Parece que todo está en orden, así que el hombre acompaña a Hernán hasta la habitación, seguidos del policía que continúa sin tener nombre. Hernán ni se ha molestado en preguntarle.

—Pues aquí está —dice el recepcionista.—Es la mejor habitación que tenemos, inspector. Vistas al mar, aire acondicionado y, si lo desea, podemos subirle el desayuno. En todo caso, tenemos abajo una espléndida terraza. Usted dirá.

—Bien, muchas gracias. Ya le avisaré. Ahora, si no les importa, necesito descansar un rato y ponerme al día con el caso.

—Sí, claro. Lo que necesite, inspector, estoy a su disposición —dice el recepcionista dejando la estancia.

Hernán echa un vistazo al lugar y no puede ocultar su sorpresa. Pensaba encontrar una pensión de mala muerte, pero el sitio es increíble. Con una decoración minimalista y una cama coronando la habitación y pidiéndole a gritos que se deje acunar entre las sábanas, Hernán abre la ventana y el mar, de repente, parece entrar en la estancia. El olor salado se le pega a los labios y a la piel, y los tejados de las casas bajas que pueblan las isla, junto con la inmensidad azul al fondo, salpicada por algún que otro velero, muestran un escenario idílico que, por primera vez en mucho tiempo, le permite atisbar en qué consiste en realidad la vida. Pronto, sin embargo, vuelve a la realidad: no está aquí de vacaciones. Cierra la ventana y se dirige a al policía.

—¿Cómo se llama? —pregunta Hernán.

—Raúl, señor. Raúl Bru.

—Está bien, Raúl. ¿Hay alguna novedad?

—No, señor, ninguna. La chica sigue sin aparecer y....

—Está bien. Ya nos pondremos al día. Ahora, si no le parece mal, necesito descansar. Deme su móvil y en cuanto esté listo le llamo.

—Bien, aunque tengo que decirle que a veces aquí no hay cobertura.

—Vaya, y ¿dónde está el puesto de policía? Digo por si no puedo contactar con usted.

—Aquí al lado, en un lateral de la plaza. Puede preguntarle a Ramón, el del hotel. Él le indicará.

—Bien, Raúl. Nos vemos en un rato.

—Está bien, señor. A sus órdenes —dice el policía para cerrar de inmediato la puerta.

Hernán, sin esperar más, corre hacia el baño y vomita todo lo que llevaba esperando salir de su estómago. Después, se tumba sobre la cama y se duerme.

El chillido de las gaviotas despierta al inspector quien, mientras se despereza, comienza a ser consciente de que hacía meses que no dormía sin sobresaltos. Pero la tranquilidad le dura unos instantes al darse cuenta de que no sabe cuanto tiempo lleva dormido. El móvil, reposando en la mesilla de noche, le comunica que lleva en la cama más de cuatro horas. El estómago, demasiado vacío, le ruge. Se mete en la ducha y se viste antes de llamar a Raúl. Como bien había dicho el policía, la cobertura es inexistente. Decide bajar a la recepción y ver si le pueden preparar algo de comer. Ramón, sentado a la mesa de trabajo, frente al ordenador, le saluda amablemente.

—¿Ha logrado descansar, inspector?

—Como hacía tiempo —contesta Hernán, esbozando una sonrisa de satisfacción.

—Es lo que tiene la isla. Pues espere a la noche. Eso sí que es paz. En cuanto se vayan los turistas y las gaviotas se echen a dormir, no oirá ni a una mosca. Una pena que no esté de vacaciones, ¿verdad?

—Desde luego.

—Nunca nos había pasado nada parecido. Una desaparición...pobre muchacha. Y la madre... destrozada —dice Ramón apesadumbrado.

—Es difícil desaparecer en un sitio así.

—Yo diría que imposible. Pero bueno, los adolescentes... Quizá cogió un barco y se fue. Son imprevisibles.

—Es una posibilidad. ¿Podría comer algo? Es que la siesta me ha despertado el apetito.

—Por supuesto. ¿Qué le apetece? ¿Una ensalada o algo más fuerte?

—Hambre, desde luego, tengo.

—Pues no se hable más. Le preparo unos huevos y unas tiras de bacon.

—Y la ensalada —añade el inspector.

—Eso está hecho. Siéntese donde quiera —dice Ramón, señalando las mesas dispuestas en el salón.

Hernán se acomoda junto a un ventanal que se asoma a una gran explanada salpicada de palmeras y, como no, el mar de fondo. Coge un periódico y se dedica a ojear, sin mucho interés, las noticias. Ramón, para hacer más leve la espera, le acaba de poner una caña bien fresquita que hace que el inspector se sienta como un rey. Después de todo, el castigo de los jefazos no va ser tan duro.

Mirando al mar, vuelve a aparecerse Blanca, pero esta vez su recuerdo parece atenuado por el resto del paisaje. Hernán menea la cabeza pensando si lo que necesitaba era, sencillamente, una cura de tranquilidad. De nuevo tiene que recordarse que no está de vacaciones. Ramón aparece con los platos y Hernán los ataca con ganas. El recepcionista le echa un ojo de vez en cuando y sonríe satisfecho. Al terminar, Hernán sale a fumar un cigarrillo y el calor desbarata de repente toda la serenidad que había ido acumulando. Apura el cigarro con prisas y vuelve al fresco del salón.

—La comisaría, ¿por dónde queda? —pregunta.

—Aquí al lado. Junto a la plaza. Yo le indico —contesta Ramón a la vez que deja su puesto para salir con él hasta la puerta. —Esa es la plaza, ¿ve? Pues el puesto de la policía está justo ahí —dice señalando el comienzo de una pequeña calle. —No tiene pérdida. Aquí nada la tiene. Bueno, quiero decir...

—Sí, entiendo lo que quiere decir —dice Hernán, y se encamina hasta el puesto intentando, sin éxito, buscar alguna sombra. Llega sudoroso, a pesar del cortísimo trayecto. La puerta está cerrada, así que llama con los nudillos, pero nadie responde. Vuelve a intentar contactar con Raúl a través del móvil, sin éxito.

—No están —dice una niña a su espalda. Es delgada, morena y va descalza. —Están en *El Chiqui*.

—¿Cómo? —pregunta Hernán.

—Ahí —dice señalando un bar. —Usted es el policía que viene a buscar a Clara, ¿a que sí?

—Pues sí, ese soy yo. ¿Cómo te llamas?

—Nerea —contesta la cría.

—Bonito nombre. ¿Conoces a Clara?

—Sí, es amiga de mi hermana. Bueno, del verano. Vienen todos los años y...

—¿Tu eres de aquí?

—Sí, vivo aquí. Adiós —dice de repente, sin dar más opción a Hernán que encogerse de hombros y dirigirse al bar, donde encuentra a Raúl acompañado de una mujer vistiendo idéntico uniforme.

—Buenas tardes, Raúl y compañía —dice Hernán.

—Buenas tardes, señor —contesta un azorado Raúl levantándose de la silla casi de un salto.

—Buenas tardes, inspector —añade la mujer sin moverse ni un milímetro.

—Usted debe de ser Mónica, ¿me equivoco?

—En absoluto. Soy policía de la isla, como Raúl

—Encantando, entonces —dice Hernán, tendiéndole la mano que Mónica estrecha con fuerza.

—¿Ha descansado, señor? —pregunta Raúl con ese nerviosismo que parece no abandonarlo.

—Ya lo creo. Quizá no debería decirlo: se supone que estoy trabajando pero hacía tiempo que no descansaba tan bien.

—Es que la isla... —comienza a decir Raúl.

—Sí, ya me ha explicado Ramón. Bueno, pues ahora habrá que empezar a hacer algo¿no?

—Lo que usted diga, señor —contesta Raúl.

—Está bien —dice Mónica, consultando el reloj.

Hernán la mira suspicaz. Parece que a la señorita no le ha gustado que el inspector haya dedicado media tarde a descansar y que ahora tengan que hacer horas extra. *No sabe con quién ha ido a dar esta cría*, piensa Hernán, mientras un conato de ira comienza a hacerle mella en el estómago. Los huevos y el bacon dan un par de vueltas amenazando con dar la lata.

La comisaría, si a ese cuarto de apenas diez metros cuadrados se le puede denominar así, está prácticamente vacía. No hay pilas de papeles repartidas entre estanterías o tiradas por el suelo. Un par de mesas enfrentadas con sendos ordenadores y unas cuantas carpetas de colores que, a primera vista, parecen vacías. Ni una sola referencia al caso que lo ha traído hasta aquí, *pero ¿qué han estado haciendo? ¿esperando a que llegara mientras se tomaban unos mojitos en el bar?*, piensa Hernán. No es cuestión de comenzar con enfrentamientos, aunque tiene claro que si tiene que ponerse recto con el equipo, lo hará. *Tiempo al tiempo*, se dice.

—Voy a encender el aire acondicionado, señor —dice Raúl, solícito.

—Sí, será mejor —dice Hernán secándose el sudor que le cae por la frente.

—No le va el calor, ¿no? —pregunta Mónica con una sonrisa de autosuficiencia que hace que el estómago de Hernán vuelva a avisarle de que se ha excedido comiendo.

—Pues no, soy más de frío —farfulla el inspector.

—Sí, ya se nota —dice la compañera, mientras coge una carpeta de color rojo que lleva escrito en la portada "Clara. Desaparición". —Aquí tenemos recogido lo poco que hemos podido averiguar. Hemos interrogado a familiares, a amigos y hemos preguntado por la isla, en los restaurantes, a la gente... pero nada de nada, parece haberse esfumado.

—Pues parece difícil en un lugar como éste —dice el inspector.

—Raro sí que es, pero no hay nada imposible —contesta Mónica.

Hernán se sienta en una de las sillas y comienza a leer los papeles que le ha entregado su compañera. La chica lleva tres días desaparecida. Es demasiado tiempo, según la experiencia de Hernán en estos casos. Salió de casa al amanecer con su panda de amigos. Iban a bucear a la cala Cap de Rat. Su intención era pasar el día fuera. Habían llevado bocadillos y una nevera con bebidas. Según los compañeros de Clara, ésta discutió con Alberto, un amor de verano, y dijo que se iba a la cala Escull Forat, en el lado opuesto. Nadie volvió a verla. Su madre dio el aviso a la mañana siguiente.

—¿Por qué esperó tanto la madre para avisar de la desaparición? —pregunta Hernán.

—Pensaba que había dormido en casa. Los chavales aquí vuelven tarde a dormir. Se quedan en la puerta de San Miguel o en Cala del Francés. Llevan música y esas cosas. Los padres duermen tranquilos porque aquí nunca pasa nada. Hasta ahora —contesta Raúl.

—Así que pensó que su hija habría vuelto de madrugada y...

—Cuando se levantó por la mañana la cama estaba sin deshacer y no había rastro de Clara. Llamó a todos sus amigos que le contaron lo que había pasado.

—¿Y el móvil? Supongo que tendrá uno, ¿no?

—No hay rastro —contesta Raúl—. En la casa no lo encontramos. Hemos llamado insistentemente al número pero, nada, no hay respuesta.

—Tendré que hablar de nuevo con todos, amigos y familia. Y ver esas calas. ¿Podemos ir ahora? —pregunta el inspector mirando directamente a Mónica.

—Lo que desee. Estamos a sus órdenes —contesta ésta con cierto retintín.

Hernán obvia el tono y se pone en pie, dispuesto a la marcha. El sol va cayendo y dejando a la isla respirar, lo que a Hernán le permite guardar su pañuelo y olvidarse del molesto sudor. Atraviesan el pequeño pueblo donde sus habitantes charlan animados a las puertas de sus hogares. Saludan a los policías a su paso y miran a Hernán de arriba a abajo. Tras dejar la ciudadela y atravesar la pequeña playa, los tres inician el camino hacia *El Camp*, una extensión de terreno sin habitar, reserva de la flora mediterránea, que a Hernán le parece un erial con cuatro chumberas y matojos resecos por el calor. En aquella planicie, sobresalen tres edificios: una especie de pirámide truncada, las ruinas de una casa y el faro. Raúl le explica que la primera es la Torre de San José, utilizada como prisión durante el siglo pasado; que los restos pertenecen a una casa de labranza y añade, con orgullo, que el faro fue el primero que se construyó en Valencia. Bajan con cuidado hasta la *Cap de Rat*, donde la pandilla de Clara fue a hacer submarinismo. Hernán casi pierde el equilibrio al poner el pie sobre un suelo que se hunde bajo su peso. Al observarlo parece un decorado de película. Raúl, ante su sorpresa, le explica que es el colchón de hojas secas que deja la Posidonia oceánica.

El inspector observa la cala. Un lugar relativamente visible desde arriba, de fácil acceso aunque plagado de rocas. —Aquí es difícil nadar, ¿no?

—Hay que venir preparado para entrar pero, una vez sorteadas las piedras, es una maravilla. Siempre hay poca gente —explica Raúl. —A los chavales, y no tan chavales, les encanta venir con los tubos. Se pueden ver muchas especies marinas.

—Está, de todas formas, muy a la vista. Quiero decir que cualquiera podría haber visto algo que... —comienza a decir el inspector.

—Pero tiene que haber alguien mirando y aquí, dependiendo de la época e incluso de la hora del día, es más que improbable toparse con nadie. Los chicos vinieron al amanecer. A esa hora estarían completamente solos —añade Mónica.

—La verdad es que en la isla es difícil encontrarse con nadie hasta que llegan los barcos y los turistas —apunta Raúl.

—¿Y los pescadores? —pregunta Hernán.

—No ha hecho sus deberes, inspector —dice Mónica con esa sonrisa de superioridad que hará que al final Hernán pierda los nervios.—En Tabarca está prohibido pescar. Toda la costa es zona protegida, una reserva marina. Se puede mirar, pero no tocar.

—La única persona que podría haber estado a esas horas por aquí es Mitch —dice Raúl pensativo.

—Sí, tienes razón. Mitch suele bajar a esas horas aunque... —comienza a decir Mónica.

—¿Mitch? No parece de la zona —dice Hernán en un intento de bromear. Mónica lo mira por encima del hombro.

—Es un inglés que lleva con nosotros ya unos cuatro años.

—Cinco —dice Raúl.—Ya es como si fuera tabarquino.

—Y ese tal Mitch, ¿cómo ha venido a parar a un lugar como éste? —pregunta Hernán, mirando alrededor la escasez de espacio de Tabarca.

—Vino de vacaciones y se enamoró de la isla. Decidió quedarse a vivir. Trabaja en algo... no sé, con ordenadores. Tiene una casa preciosa en la otra punta de la isla. Seguro que es millonario —dice Raúl, suspirando.

—Es un encanto de hombre: siempre sonriente, amable, un poco solitario. En verano suelen venir sus hijos, un par de chavales dispuestos a no darle tregua. Yo creo que a veces lo supera la situación, no está acostumbrado —añade Mónica.

—Pero esos críos lo adoran, ¿eh? Si pudieran yo creo que se vendrían a vivir con él —dice Raúl.

—Pobre Mitch, le daría algo, te lo digo yo —dice Mónica.

Hernán asiste a la conversación con impaciencia. No es normal que se enfrasquen en disquisiciones acerca de la vida de un posible sospechoso como si fueran dos viejas que han salido a tomar el fresco. Intenta hacerles ver que se está hartando pero ambos siguen con sus elucubraciones.

—Me parece genial lo de ese Mitch, su vida y milagros —dice cortante el inspector. Raúl parece replegarse contra sí mismo, intentando convertirse en nada y desparecer. Mónica le mira a los ojos sin ápice de vergüenza.

—Disculpe, inspector. Ya sabemos que el tiempo es oro pero aquí las cosas tienen un ritmo distinto. Usted mismo lo ha podido comprobar hace unas horas —dice Mónica, refiriéndose a la siesta del inspector.

Hernán aprieta los puños haciendo un esfuerzo casi sobrehumano por no arrancarle la cabeza a la mujer que tiene delante.

—Mónica quiere decir... —intenta arreglar Raúl.

—Sabe lo que quiero decir, Raúl. El inspector es una persona inteligente y...—añade Mónica.

—Comprendo perfectamente lo que nuestra "querida" compañera ha querido decir —contesta Hernán.

—Bien, pues todo aclarado, podemos continuar —añade Mónica, dándose la vuelta y dejando a los dos hombres boquiabiertos.

—Lo siento, inspector —dice Raúl en voz baja.—Es una excelente policía, aunque a veces... bueno, tiene bastante carácter.

—¿Carácter? Lo que tiene es muy mala hostia, Raúl, y como siga así tendré que llamarle la atención. No me va a quedar más remedio —murmura Hernán.

—Es mejor no llegar a eso, inspector. Tenemos que trabajar juntos y Mónica... bueno, puede ser bastante... Pero no he conocido mejor persona que ella, eso sí.

—¿Estás seguro? Me da que no tiene un grupo de amigos muy amplio, ¿no?

—De verdad, inspector. Es muy íntegra, muy generosa y lo da todo, créame. Es una gran amiga.

—Pero para llegar a estar entre sus elegidos... eso debe ser complicado, ¿verdad? —pregunta Hernán.

—No se crea. Lo que pasa es que de primeras... es algo desconfiada y no le gustan mucho las novedades. Que venga gente nueva... le cuesta.

—¿Seguimos trabajando o ya no estamos de servicio? —grita Mónica desde la otra punta de la cala.

Hernán suelta un suspiro y se encamina, junto a Raúl, hasta donde se encuentra la mujer.

—¿Se ha investigado esta zona? Por si hubiera alguna... —comienza a preguntar el inspector.

—Raúl y yo hemos estado aquí y en la otra cala, buscando alguna pista, algo que nos encaminara en alguna dirección, pero nada —dice la policía.

—Quizá habría que haber acordonado la zona —apunta el inspector.

—No podemos hacer eso —dice Raúl.

—¿Por qué?

—Sería terrible para la isla. El turismo... se supone que este lugar es el más tranquilo del planeta y si viene la gente y ve cordones policiales... —dice Raúl.

—Me dan igual los turistas. Una muchacha ha desaparecido, así que ese primer puesto a la tranquilidad que tenía la isla se ha esfumado; no se puede engañar a la gente —contesta Hernán muy contrariado.

—Tiene razón, inspector —dice Mónica.—Pero hable con los jefes. De Alicante nos ordenaron que las investigaciones debían de ser discretas. Hemos hecho todo lo posible para que nadie baje a la cala. ¿Ve allí? —dice, señalando un cartel.—Hemos colocado ese y otro en la cala opuesta.

Hernán se acerca hasta donde le ha indicado Mónica. "Prohibido el acceso. Zona peligrosa"

—Fue lo único que se nos ocurrió —dice Mónica.

—Bueno, se le ocurrió a ella —corrige Raúl. Mónica hace un gesto con la mano como restando importancia al asunto.

—Han hecho bien. Dadas las circunstancias poco más se puede hacer. La chica ha desaparecido pero no podemos pensar que esta cala, o la otra, sean escenarios de un crimen. Y si los jefazos no quieren mojarse pues... ¡qué cabrones!, tendría que ser la hija de alguno de ellos. Ya veríamos como cambiaban las cosas entonces.

—Es verdad, inspector, pero hay otras razones: la gente de Tabarca solamente trabaja estos meses. Si ahora se reduce el turismo, ¿de qué vivirán en invierno? —dice Raúl.

—Ya, lo entiendo, pero ¿y si hay alguien secuestrando niñas por ahí? Será mejor aclarar esto rápidamente y si nos ponen obstáculos, en fin... la cosa puede alargarse y al final todos perderíamos. Pero, sobre todo, esa niña y su familia. Eso es lo único que tenemos que tener en cuenta, Raúl. Hay que olvidarse de la isla. Nuestro único objetivo es devolver a Clara a sus padres.

—Su madre —dice Mónica.—El padre desapareció hace unos años.

—¿Qué pasó? —pregunta Hernán.

—Dicen que se fue con otra —contesta Raúl.

—¿Dicen? —pregunta Hernán.

—No lo sabemos con certeza —contesta Mónica.

—Pues tendremos que preguntárselo a la madre. ¿Y si el padre ha vuelto a buscarla?

—Es verdad, podría ser una posibilidad —dice Raúl, acariciándose el mentón, como si la idea se le hubiese ocurrido a él mismo.

Echan un vistazo a la cala llamada Escull Forat, donde los amigos de Clara dijeron que había ido tras la discusión con su novio: una cala pedregosa, como la anterior, y algo más escarpada, aunque el acceso tampoco parece excesivamente complicado. Desde la parte superior algunas zonas quedarían ocultas si a algún paseante se le hubiese ocurrido pasar por allí, pero, por lo que le habían dicho, era bastante improbable que nadie hubiese pasado por el lugar aquella mañana. *Improbable, pero no imposible*, piensa el inspector.

A la vuelta, el sol ya ha comenzado a desaparecer en el horizonte, el aire es más fresco y el cielo parece estar hecho de seda, con un azul que por momentos se vuelve blanco. Hernán inspira hondo y, a su pesar, se da cuenta de que podrá soportar una temporada en este lugar remoto.

La casa de Clara tiene la puerta abierta, como todas las demás. Las llaves no tienen sentido en un lugar donde las gentes siempre mantienen abiertas sus vidas. Los peligros de la ciudad no existen; no hay robos, ni asesinats. Todos se conocen. La fresca oscuridad los recibe y al inspector le cuesta acostumbrar la vista, pero finalmente logra distinguir un amplio salón que se abre hacia el resto de la vivienda. Una luz se enciende y los tres policías se encuentran con una mujer de unos cincuenta años, pequeña, morena y enjuta. Los surcos que atraviesan sus mejillas son la prueba de la desesperación.

—Buenas tardes, señora León. Soy el inspector Villanueva —se presenta Hernán.

—Buenas tardes, inspector. Hola Raúl, Mónica... gracias por venir. Yo... ya no sé qué hacer. Mi niña... —y entonces comienza a llorar. Mónica se acerca y le coloca la mano sobre el hombro. No dice nada, no hay nada que decir, pero el contacto de otro ser humano la va calmando.

—No voy a decirle que comprendo cómo se siente, señora, porque sería mentir —comienza el inspector cuando el llanto de la mujer ya es un débil gimoteo.— Y supongo que volver a hablar de ese día, es difícil, pero tenemos que intentar encontrar a Clara lo antes posible. Cuanto antes nos pongamos en marcha, antes conseguiremos dar con ella.

—Por favor, inspector, tráigamela. Es lo único que tengo —dice la mujer mirándolo con unos inmensos ojos negros, humedecidos ahora por la tristeza.

—Haremos todo lo que esté en nuestra mano. Pero he de ser sincero: no puedo prometer nada.

—Inspector, Clara es... bueno, dígame qué quiere saber —dice la señora León.

—Cuéntenos lo que sepa sobre su desaparición —dice Hernán.

La mujer les relata la misma historia que le han transmitido previamente sus compañeros.

—Al menos eso es lo que me contaron los chicos—dice la mujer, terminando su relato.

—¿Y no les cree? —pregunta el inspector.

—Sí, claro que sí, ¿por qué iban a mentir? —pregunta nerviosa la señora León.

—No sé, ¿desde cuándo los conoce?

—A algunos desde siempre. Llevamos viniendo a esta casa toda la vida. Pertenecía a mis padres y cuando murieron, mi hermana y yo la heredamos. La adecentamos y venimos siempre a pasar el verano. Clara se queda aquí desde que acaban las clases hasta que vuelven a empezar.

—¿Sola? Quiero decir... no sé si usted trabaja...

—Sí, pero cuando termino mis vacaciones, toma el relevo mi hermana. ¡Dios! Menos mal que no ha ocurrido todo esto cuando estaba con ella. No habría podido... —las lágrimas comienzan a correr de nuevo por sus mejillas.

—Entonces, usted conoce bien a sus amigos —continúa Hernán.

—A todos no. Ya sabe, siempre viene alguien nuevo, pero a la mayoría sí. Los he visto crecer junto a mi hija.

—Está bien. Mónica, por favor, cuando acabe de hablar con la señora León, haz un listado de los amigos de Clara, los que son nuevos y los que no.

Mónica hace un gesto de asentimiento, esta vez sin ninguna intención. Está concentrada en el interrogatorio del inspector y pendiente de la mujer. A Hernán comienza a quebrársele la capa de enemistad que ha ido construyendo en el último par de horas.

—Siento tener que preguntarle esto: ¿dónde está el padre de Clara?

—No lo sé. Nos abandonó cuando la niña era muy pequeña. Nunca quiso saber nada de ella —contesta la mujer, sorprendida.

—¿Le ha llamado?

—¿Llamado? No, por supuesto que no. Ni siquiera sé donde vive. Se largó con una empresaria diez años mayor que él pero hasta arriba de dinero. No le gustaban ni las responsabilidades ni trabajar, así que lo tuvo claro. No hemos mantenido ningún contacto y, según las últimas veces que alguien comentó algo sobre él, vivía en el extranjero. En Francia, creo.

—¿No es posible que Clara, sin que usted lo supiese, haya contactado con él? Ya sabe, a veces, a pesar de que nos ignoren, buscamos eso que no hemos podido tener.

—No lo creo. Pero, ¿quién sabe? Uno cree conocer a sus hijos pero al final se da cuenta de que nadie sabe nada de los demás, ¿verdad? —reflexiona la mujer.

—¿Ha tenido problemas con Clara? —pregunta el inspector.

—Supongo que los normales con una niña de esa edad. ¿No tiene hijos, inspector?

—Pues, no...

—Entonces no tiene idea de lo que es pasar del cielo al infierno en un instante, se lo aseguro —dice la mujer esbozando una sonrisa que le cuesta dibujar.

—Necesitamos una foto de su hija, lo más actualizada posible —dice el inspector mirando a Mónica y a Raúl.

—Ahora mismo les doy una —contesta la madre.

—No podemos descartar la posibilidad de que haya cogido un barco y se haya marchado —añade el inspector.

—¡Dios mío! Ojalá tenga razón y todo haya sido una locura —dice la madre mientras revuelve en su cartera —pero no sé.... esa noche... Aquí está, tome —dice mientras entrega una foto de su hija al inspector. Éste examina a la joven que le devuelve una tímida sonrisa desde el papel. No se parece mucho a su madre, excepto por sus enormes ojos negros. El pelo castaño y liso le cae sobre los hombros donde se puede apreciar la marca de un tatuaje.

—¿Y esto? —pregunta Hernán a la mujer que vuelve a tener los ojos anegados de lágrimas.

—Una de nuestras discusiones. Yo la veía muy pequeña para tatuarse pero, al final, para evitar que me volviese loca, accedí.

—¿Qué es? —pregunta Mónica.

—Un garabato... no sé, algo maorí o... ni idea. No creo que tenga significado alguno. Lo vio en Internet y ya está.

—Una última cosa: antes comenzó a hablar de esa noche. ¿Pasó algo extraño? —pregunta Hernán.

La mujer baja los ojos y retuerce el pañuelo que lleva entre las manos.

—No, nada en realidad. Fue una pesadilla que ni siquiera recuerdo, pero cuando desperté del sobresalto, estaba gritando.

—Pues, de momento, no la molestamos más. Intente descansar, señora —se despide Hernán.

—Adiós Raúl, hijo. Mónica, ahora te doy la lista de amigos de Clara. Adiós, inspector. Encuéntrela, por favor.

Hernán sale con Raúl a la puerta e inspira hondo. La gente cree que es capaz de hacer milagros. Ya le gustaría a él que todo fuera más sencillo y que esa misma noche Clara apareciese en la puerta de su casa, pidiendo perdón a su madre por haberse escapado. Pero su instinto le dice que esa niña nunca volverá. Sacude la cabeza para alejar tales pensamientos. No quiere hacerles caso pero llevan siendo una constante en su trabajo. Parece que pueda oler la desgracia.

—¿Está bien, señor? —pregunta Raúl.

—Sí, no te preocupes. ¿Hay algún sitio por aquí donde se pueda comer algo?

— Si acaso en el *Sharky*, no sé si habrán cerrado —contesta el policía mirando el reloj.

—Pues si está abierto, te invito a cenar.

—Gracias, inspector, no sé... yo..

—Oye, si tienes planes, no pasa nada.

—No, inspector, si es por no abusar —contesta azorado Raúl.

—Vamos, hombre, que no creo que el *Sharky* ese sea un restaurante de cinco tenedores.

—Uy, no, una hamburguesa, unos huevos... algo así.

—Pues ya está. Supongo que cerveza también tendrán, ¿no? —pregunta el inspector con sorna.

—Claro, señor, claro.

El restaurante aún está abierto cuando llegan. Los dueños charlan en unas mesas colocadas en mitad de la calle. Saludan efusivamente a Raúl, quien les presenta al inspector, y en poco tiempo están sentados ante un par de jarras de cerveza. Esperando las hamburguesas que han pedido, dan cuenta de la bebida y el inspector pide otra ronda.

—¡Qué tranquilo es este sitio! —dice Hernán dando un trago largo a su jarra.

—Sí, es una maravilla. En invierno un poco aburrido pero yo no lo cambio por nada —contesta Raúl con esa sonrisa orgullosa que se le pone cuando habla de su isla.

—¿Siempre has vivido aquí?

—No, siempre no. Cuando era pequeño venía en verano a ver a los abuelos. Vivíamos en Madrid. Pero mis padres... bueno, murieron en un accidente de tráfico y al quedarme solo me vine a vivir con la abuela. Mi abuelo ya había muerto entonces. Fue duro, tenía solo doce años, imagine. Y la abuela no era una mujer cariñosa, aunque fue muy buena conmigo. Después, cuando lo de la policía volví a Madrid, pensé que volver a mis raíces... pero no aguanté ni un mes. Me volví aquí y mi abuela me convenció de que tenía que estudiar, así que fui a Alicante y me gradué. Desde allí podía venir cuando quería, que eran casi todos los fines de semana —dice Raúl.

—¿Y después? —pregunta Hernán con interés.

—Bueno, pasé unos años aquí y allá, pero con la plaza pedida para Tabarca. En cuanto se jubiló uno de los policías de aquí, me trasladé. No tuve que pelearme con nadie —dice Raúl, soltando una carcajada.

—La verdad es que parece demasiado... demasiado tranquilo —dice Hernán echando una mirada a su alrededor. Las pequeñas calles, prácticamente vacías, acogen a alguna pareja de turistas que pasea sin rumbo, mientras algunas familias charlan a la puerta de sus casas. El nivel de ruido es mínimo y al inspector se le hace extraño no escuchar el constante ajetreo del tráfico de su ciudad.

—Sí, no es para todo el mundo —dice Raúl, dando la bienvenida a un par de hermosas hamburguesas.

CAPÍTULO 3

Mónica cierra de un portazo la puerta de su casa. El día ha sido de auténtica mierda, y tiene que dar las gracias, de manera especial, al inspector Villanueva. ¿Qué se habrá creído ese imbécil que les ha tocado en suerte? *Pero no conoce a Mónica*, dice entre dientes, mientras se desnuda y abre el grifo de la ducha. El chorro de agua caliente, poco a poco, va llevándose los restos del aciago día. Se pone una camiseta de tirantes y unas bragas, y en la cocina prepara algo de cenar: una ensalada y un bocadillo tendrán que servir; no tiene cuerpo para más elaboraciones culinarias. Con su cena en una bandeja se sienta frente al televisor que, como siempre, falla en lo de entretenerla. La apaga, tirando el mando en el sofá, y decide cambiar la tele por música. *Sabia elección, nena,* se dice, mientras elige un CD de Eva Cassidy. *No estaría nada mal una copita de vino, ¿no te parece?* No puede dejar de pensar en el inspector, le trae demasiados recuerdos. Su vida en estos últimos dos años no se parece en nada a la que dejó atrás y no tiene interés alguno en revivir aquel pasado. La isla se ha convertido en su cura y la llegada del inspector ha revuelto un pasado que debería estar enterrado. Será que simplemente está dormido porque en cuanto lo vio, se le aparecieron ante los ojos las calles de Barcelona, su casa, Víctor, Pau y, sobre todo, las niñas muertas. No puede permitirse revivir la pesadilla, no sobreviviría. Echa un vistazo a los papeles del caso de Clara para intentar no pensar. Añade el listado que le ha dado María, la madre de la niña. A la mayoría de los chavales los conoce, al menos, de vista. Los informes siguen sin darle pista alguna sobre el extraño caso. A su pesar, tiene que reconocer que la idea del inspector sobre una posible fuga o reencuentro con el padre es buena. Sin embargo, no puede evitar el rechazo hacia el recién llegado. Su primera impresión ha sido nefasta: es un caradura y un prepotente que no le pondrá las cosas fáciles. Raúl, por el contrario, le ha acogido como si fuese su única salvación. Y en cierta medida, es así: necesitaban ayuda. En Barcelona las cosas eran distintas. Ella era subinspectora, tenía un jefe y un equipo, sabían lo que había que hacer. Pero aquí las cosas no funcionan igual. Además, dos años es mucho tiempo y bloquear los malos recuerdos implica olvidarse también del resto. Aunque Raúl se quedase boquiabierto ante el despliegue de órdenes que dio tras el aviso de desaparición de la chica, ella sabe que no está capacitada para llevar a cabo una investigación, entre otras cosas porque se derrumbaría. Tiene miedo, siente que Clara no está viva y no sabe si será capaz de volver a ver una niña muerta sin que su mente se resquebraje de nuevo. De todas formas, tras aquella primera organización, fue la propia Mónica la que le dijo a Raúl que necesitaban refuerzos. En Alicante no fue muy bien recibida la petición, una desaparición tampoco parecía para tanto. Parece que el inspector Villanueva les sobraba de repente porque a las dos horas habían llamado de la jefatura de policía avisando de su llegada. No sabe qué habrá hecho el inspector, pero algo bueno no puede ser. *Y nos mandan a la escoria, joder, no contamos para nada*, le dice Mónica a la negra pantalla del televisor. Tras la cena, sale a su pequeña terraza a contemplar la luna y a fumar un cigarrillo. Le llega el suave murmullo de unas olas pequeñas y la brisa del mar le revuelve el cabello. No cambiaría estas noches por nada en el mundo. Cuando llegó a Tabarca traía consigo toda la negrura de la civilización. Odió la isla aquella primera noche en que añoraba el ruido del tráfico, de las ambulancias, los gritos de algún vecino, los basureros y la respiración de Víctor. El sanatorio en el que había pasado los últimos meses estaba situado entre montañas, pero allí, siempre drogada por prescripción facultativa, no había extrañado nada. Su mente vagaba en un mundo irreal, empastado, emborrachado. Fue al tomar contacto con la realidad, al volver a ser humana, cuando todo comenzó a tambalearse de nuevo. Durante aquellas horas volvió a ver la sangre y los ojos vacíos de vida de aquellas crías. Arañó las paredes, lloró, gritó y cuando creyó no poder más, tomó el bote de tranquilizantes y lo sujetó fuerte entre las manos. Era mejor morir que intentar sobrellevar otra vida. Salió a aquella terraza y entonces la luna se apareció ante ella enorme, llena, y el rumor de esas olas que hoy escucha calmó su mente y su alma. Se sentó en el suelo, con el bote todavía entre sus manos, y comenzó a llorar. Pero esta vez, las lágrimas limpiaban su pena y acallaban sus demonios. El amanecer la encontró dormida sobre el suelo del patio, las pastillas derramadas a su alrededor. A partir de entonces pudo seguir viviendo. No fue siempre fácil pero en la isla había encontrado una manera de seguir.

Apaga el cigarrillo y se va a la cama. *Mañana será otro día*, piensa un momento antes de dormirse.

Capítulo 4

—Buenos días, inspector —dice Ramón mientras prepara las mesas donde los huéspedes tomarán su desayuno. Una impresionante explanada con el mar de fondo sirve de restaurante al hotel. De momento, está vacía, es demasiado temprano, pero Ramón sabe que este cliente es especial, así que ha ido preparando algunas cosas para que todo esté a punto.

—Excelente, Ramón. Esto es la gloria —contesta el inspector.

—¿Qué le apetece? ¿Café y zumo?

—Genial.

—¿Tostadas? También le puedo poner algo de queso y fiambre... y fruta, si quiere.

—Pues una tostada y una pieza de fruta.

— ¿De verdad no quiere algo más? ¿Unos huevos, bacon...?

—No, Ramón, muchas gracias. Con eso me basta.

—Como quiera —contesta el recepcionista mientras le acerca la prensa.

— ¿Alguna noticia interesante?

—Lo de siempre: políticos corruptos, guerras... nada nuevo. Y, ¿de la chica?

—Nada, de momento, Ramón. A ver si da señales de vida.

Cuando llega a la comisaría, se encuentra a Mónica sentada frente al ordenador. Unos mechones de pelo negro le caen sobre el ojo izquierdo y tiene el semblante tan concentrado que parece un cuadro. Hernán se queda sin aliento durante unos instantes pero reacciona al momento, de tal forma que Mónica ni siquiera se percata de que ha llegado.

—Buenos, días, Mónica —le dice con un ligero carraspeo. Aún no se ha repuesto del impacto visual. Ayer no le pareció tan bonita, sería por el gesto huraño del que no se deshizo en toda la tarde.

—Buenos días, inspector —contesta Mónica, sin apartar la mirada de la pantalla. Efectivamente, era eso, la cara de pocos amigos que le dedica.

—¿Algo nuevo? —pregunta Hernán.

—Nada de nada. Estaba transcribiendo el listado de nombres que me dio ayer la señora León. Creo que hemos interrogado a todos, pero tengo que comprobarlo.

—De todas formas, me gustaría hablar con ellos de nuevo —dice el inspector con cierta cautela. No sabe cómo se lo tomará su compañera.

—Por supuesto, inspector —contesta sin ningún tipo de doblez—. ¿Los voy llamando en cuanto termine esto?

—Sí, perfecto. ¿Y Raúl?

—Ha ido a hacer la ronda. Ya sabe, tenemos más cosas en la isla, además de lo de Clara. Tiene que seguir funcionando, a pesar de todo.

—Claro, claro —asiente Hernán mientras coge la carpeta del caso. Las cosas han empezado bien esta mañana: un excelente desayuno y, sobre todo, Mónica no parece dispuesta a asesinarlo.

—¿Qué pasa con la gente que trabaja en los barcos? —pregunta Villanueva sin apartar la vista de los papeles.

—También los interrogamos, pero sin éxito. Podemos volver a intentarlo con la foto que le dio ayer la señora León. La que teníamos era de hacía unos años. La mujer estaba demasiado nerviosa cuando se la pedimos y nos dio la primera que encontró. Está en la carpeta.

Hernán rebuscó entre los papeles hasta dar con ella. Clara era la misma pero con tres o cuatro años menos. La diferencia era importante aunque esos ojos negros sostenían una mirada idéntica, soberbia, de seguridad. Le recordaron a Blanca.

—Sí, será mejor volver a preguntar.

—Muchos de ellos la conocen; aquí no se puede esconder uno —apunta Mónica— pero por preguntar dos veces no va a pasar nada.

—¿De dónde vienen los barcos?

—Alicante, Santa Pola, Guardamar del Segura y Benidorm.

—Y, ¿otro tipo de embarcaciones?

—Eso puede ser más complicado —dice Mónica—. Son barcos particulares, de recreo...gente que está de paso. Ese día no había demasiados. A finales de Junio todavía la temporada no está en pleno auge —añade la policía.

—Interrogaremos de nuevo al personal de los restaurantes, a cualquiera que pudiese ver algo.

—Está bien, inspector. Me pongo manos a la obra —dice Mónica cogiendo el teléfono.

Mientras la policía hace las llamadas pertinentes, Hernán sale fuera a fumar un cigarro. Se sienta en uno de los bancos de la plaza, bajo un enorme ficus, agradeciendo su sombra. Son las nueve de la mañana y el calor ya aprieta. Le gustaría acercarse al mar y darse un buen baño. Quizá en otro momento. El par de restaurantes situados en la plaza ya están a pleno rendimiento. Los empleados colocan mesas, barren y se disponen a preparar los platos que en unas horas estarán degustando los clientes. Algunos gatos se han acercado hasta los pies de Hernán, esperando que tenga algo de comer. *Mala suerte, amiguitos*, les dice el inspector. En ese momento, aparece Raúl y se acerca sonriendo a su jefe.

—¿Qué tal, señor? ¿Todo bien?

—Perfecto, Raúl. ¿Cómo van las cosas en la isla? ¿Todo en orden?

—En perfecto orden, inspector. Nada nuevo.

—Vamos dentro —dice Villanueva levantándose— nos espera una mañana dura.

El primer interrogado se sienta en una silla frente a la mesa que ha ocupado el inspector. Es un joven delgado, de pelo largo, que parece no haberse despertado del todo. Lleva un patín en la mano que aferra con fuerza. *Está nervioso*, piensa Hernán.

—Alberto Lastres —comienza el inspector—. Ese es tu nombre, ¿no? —pregunta ante el silencio del joven.

—Sí —contesta el joven con una voz apenas audible.

—Eres amigo de Clara, ¿verdad?

—Sí, señor.

—Bueno, algo más que un amigo, por lo que he oído —añade el inspector.

—Sí, no sé...

—¿No sabes si es tu novia?

—No es eso, es que...nos acabamos de conocer y, bueno, Clara es...

—¿Cómo es?

—No le gusta lo de los novios y esas cosas. Eso me ha dicho, así que no tengo claro si está conmigo o...

—Pero todos dicen que sois novios.

—Ya, eso dicen los demás, pero ella...

—A ti te gusta, ¿no? —pregunta Villanueva intentando captar su mirada.

—Sí, claro, ¿a quién no? Está... es guapísima. Y muy inteligente. Nunca te aburres con ella.

—¿Qué pasó el día en que desapareció?

—Habíamos quedado todos para ir a bucear y a pasar el día por ahí. Nos juntamos aquí, en la plaza, y nos fuimos a *Cap de Rat*. Clara estaba rara ese día, apenas si me miró. Intenté por el camino acercarme a ella y solamente le pregunté si le pasaba algo y... —el chaval dejó de hablar y comenzó a temblar.

—Tranquilo, no pasa nada.

—Yo no le he hecho nada, señor, se lo juro —comenzó a decir el chico que parecía al borde del llanto.

—Nadie lo dice, Alberto. Cálmate y cuéntame lo que sepas. Cuanto más información tengamos, antes la encontraremos.

—Pues eso, le pregunté si le pasaba algo y se cabreó. Yo no entendía nada pero no dejó de gritarme, diciéndome que la asfixiaba, que no podía respirar conmigo al lado. Yo... de verdad que no creo que hiciese nada que la agobiase. Me sentí fatal y le dije que se fuera a la mierda. Cuando íbamos a bajar a la cala decidió irse. Al principio tuve la intención de seguirla pero estaba tan cabreado... ¡Joder!, si hubiese ido con ella...

—No puedes saber qué habría ocurrido. No te hagas daño pensando que las cosas habrían sido diferentes— dice Hernán en un intento de animar al chaval.

— ¿Es la primera vez que vienes a la isla?

—No, es el segundo año.

—Entonces, ¿ya conocías a Clara?

—No, el año pasado vine con mis primos y no nos juntamos con nadie de aquí. Estuvimos solamente cinco días, en el hotel. A mis padres les encantó la isla y decidieron alquilar una casa. Estaremos aquí durante todo el mes de Julio.

—¿Y cuando empezaste a salir con Clara?

—Hace una semana, casi cuando llegué. Ese mismo día conocí al grupo. Muchos de ellos viven en las casas alquiladas junto a la mía. Me salvaron las vacaciones porque venía cabreado, no me apetecía pasar más de un mes en una isla que está prácticamente desierta.

—A veces uno se sorprende —dice Hernán.

—La verdad es que lo estoy...estaba pasando de puta madre —dice sonrojándose al darse cuenta de la expresión utilizada, pero continúa ante la mirada de interés del inspector—. Con lo de Clara... en fin, es todo demasiado raro.

—¿Qué dicen los demás?

—Que no lo entienden. Algunos creen que se ha largado y otros...

—Esos otros, ¿qué piensan?

—Que le ha pasado algo malo. Sobre todo las chicas, la mayoría de ellas la conocen bien.

—Esta bien, Alberto, no tengo más preguntas de momento, pero puede ser que te llame en otra ocasión.

—Cuando quiera —dice Alberto poniéndose en pie.

—Y no te martirices, chaval. Pase lo que pase, no es culpa tuya.

Raúl acompaña al joven a la salida y espera a que llegue el siguiente.

—No parece que mienta —dice Mónica.

—No lo creo, aunque no se puede descartar a nadie. Pero estoy con usted, no tiene pinta de mentir.

Raúl aparece esta vez con una joven llorosa a la que intenta calmar.

—Vamos, Paula, tranquila —le dice acariciándole el cabello. Pero la chica parece incapaz de controlarse. Mónica la ayuda a sentarse en la silla y le dice a Raúl que le traiga una tila.

—No te preocupes, Paula. Mira, este es el inspector Villanueva. Va a ayudarnos a encontrar a Clara —le dice la policía consiguiendo que el ritmo del llanto disminuya.

—Hola Paula —saluda el inspector.

— Ho... ho...la —contesta la chica entre sollozos.

—¿Eres de aquí, Paula? —pregunta el inspector con toda la dulzura de la que es capaz.

—Sí, señor, de la isla. Toda mi familia vive aquí —dice retorciendo el pañuelo que antes le ha dado Raúl para secarse las lágrimas.

—Está bien, tranquila. Sé que es difícil pero tienes que concentrarte y contarnos todo lo que pasó ese día. Si queremos encontrar a Clara, tenemos que poner todos de nuestra parte. Me entiendes, ¿verdad?

La muchacha asiente mientras se seca las mejillas. Su respiración es más tranquila ahora y Mónica le hace un gesto al inspector. Es el momento adecuado para comenzar.

—¿Desde cuando conoces a Clara?

—Desde siempre. Es una de mis mejores amigas. Solo viene en verano pero es que Clara es... es increíble—. Raúl acaba de acercar la tila que Mónica le había pedido, y ésta, de forma sutil, consigue que la chica vaya dándole unos sorbos.

—Seguro que sí. ¿Qué ocurrió el día de su desaparición?

—Siempre que podemos nos vamos a bucear, sobre todo ahora en Junio que hay menos gente. Después, la isla se llena y no mola tanto. Llevamos una nevera con comida y bebidas y pasamos el día fuera. Ése día inaugurábamos el verano, por así decirlo.

—¿Y qué ocurrió?

—No sé, Clara estaba rara, sobre todo con Alberto. Llevan una semana saliendo, aunque Clara no creo que estuviese convencida.

—¿Y eso?

—A ella le gustan los tipos mayores. Bastante mayores, creo yo. Pero, por favor, no le digan nada a su madre.

—Tranquila, Paula, esta conversación es confidencial. Nada de lo que digas saldrá de aquí.

Paula suspira con cierto alivio y mira a los presentes con algo más de confianza.

—Eso es lo que me cuenta, aunque yo no he conocido a ninguno de sus rollos. Siempre que viene en verano, nos ponemos al día. En mi caso, siempre lo mismo, nada, porque aquí... nos conocemos todos y tampoco hay mucho que ver.

Hernán intenta ocultar una sonrisa. Comprende a la joven: ¿él con dieciséis años encerrado en este islote? Se habría vuelto loco.

—Pero Clara, en Sevilla... eso es otro mundo. Y siempre me habla de tíos mayores, de treinta o más.

Mónica le dirige al inspector una mirada pícara. *Sí, claro, uno como yo ya ni siquiera es "un tío mayor", es un viejo. Joder estas niñas*, piensa el inspector sin devolver la mirada a su compañera.

—¿Y Alberto, entonces?

—Era un rollo de verano. El chico es majo y está buenísimo... —dice Paula, llevándose las manos a la boca.

—Es que es guapo el chaval, no pasa nada. Ya sabes, confidencial —le dice Hernán guiñándole un ojo. La chica sonríe.

—Se llevaron bien desde el principio y supongo que una cosa llevó a la otra. No es que fuera algo oficial pero andaban cogidos de la mano y a veces se escapaban solos. Clara me dijo cuando le pregunté que no era nada serio, que Alberto era un crío.

—Y eso, ¿lo sabía él?

—No creo, el pobre se ha hecho muchas ilusiones. Me da un poco de pena. Clara es una gran amiga pero a veces... le gusta jugar con los tíos, ya sabe —dice Paula y Hernán asiente recordando su juventud. Alguna Clara había conocido—. A mí Alberto me parece buena gente. He estado a punto de decirle algo, pero no quería meterme en líos. Clara cuando se enfada es horrible.

—¿Lo hace a menudo?

—No, suele ser muy alegre pero si la conoces bien, alguna bronca te ha caído, eso seguro.

—Y ese día, le tocó a Alberto, ¿no?

—Sí, yo no me enteré de mucho porque iba con otra amiga charlando. Clara llegó a la plaza bostezando, con cara de cansada. Dijo que había dormido mal. Parece que

Alberto intentó acercarse a ella y no debió de ser un buen momento. De repente, le estaba gritando y Alberto la mandó a la mierda. Después, se largó. El pobre Alberto, vaya cara se le quedó. Intentamos animarle y al final lo conseguimos. Yo pensé que Clara volvería pero cuando no lo hizo, me imaginé que se había ido a casa.

—¿No la llamaste?

—No solemos llevar móvil. Aquí casi no hay cobertura. No sé si Clara lo llevaba ese día. Su madre dice que no lo encuentra y... y, además, cuando se pone así, es mejor dejarla. Pensé en pasar por su casa a la vuelta, pero nos enrollamos y se hizo muy tarde. Además, las luces de su casa estaban apagadas, así que di por hecho que estaba allí.

—¿Estuvisteis todos juntos durante todo el día?

—Sí, hasta última hora. Nos despedimos aquí en la Plaza.

—¿Qué crees que ha pasado?

—No sé, yo... —y los ojos vuelven a llenársele de lágrimas —. No creo que Clara se haya fugado.

—¿Por qué?

—Se pelea con su madre pero la adora, no le haría algo así. Sé que en Sevilla habían tenido problemas por lo del tatuaje y porque Clara no volvía a casa cuando le decía, pero eso es normal, ¿verdad? No quería que supiese que andaba con esos tipos tan...

—Sí, tan mayores —apunta Hernán.

—Eso. Creo que ahora salía más en serio con uno... Pedro, pero no sé hasta qué punto. Clara es muy independiente. Le gusta probar cosas nuevas, pero es muy inteligente. Yo creo que sale con hombres así porque los de su edad le resultan aburridos.

—Y ese tal Pedro, ¿tiene apellido?

—Yo no lo sé. Lo conoció en una fiesta o algo así. Ni siquiera tenía fotos suyas. A veces,... no sé, no quiero hablar mal de Clara pero... hay cosas que parece que se las inventa.

—Una última pregunta: ¿sabes si Clara ha tenido contacto con su padre?

—¿Su padre? No, no creo. Jamás habla de él, es como si no existiera. Seguro que no, me habría dicho algo.

—Bien, Paula, hemos terminado por hoy. Puede que te volvamos a llamar.

—¿Puedo hacer algo más? Los días de atrás buscamos por todas partes pero el resto dice que no sirve de nada.

—Estad atentos, nada más, y si recordáis algo, por raro que os pueda parecer, venís a decírnoslo —dice el inspector, levantándose y tendiéndole la mano a la muchacha.

Una vez se quedan solos, Hernán mira a sus compañeros interrogante.

—¿Algo distinto a lo que dijeron cuando los interrogasteis?

—Nada, señor —dice Raúl—. Más o menos, todos coinciden.

—Paula ha estado más dispuesta a contar cosas. Antes no se había explayado hablando tanto de Clara —añade Mónica.

—Otra cosa —dice Hernán —trabajamos juntos, así que podéis participar en los interrogatorios. Tres mentes juntas funcionan mejor que una, ¿no os parece?

Mónica comparte la idea del inspector. Al fin y al cabo, todos son policías. Aunque, en su fuero interno, preferiría no formar parte en esto.

—De acuerdo, inspector —dice Raúl, con cierto orgullo.

—¿Alguien más, Raúl? —pregunta el inspector.

—Sí, hay cola —contesta el policía señalando la puerta.

Durante toda la mañana los interrogatorios se suceden: amigos y gente de la isla, todos dispuestos a ayudar. La mayoría no sabe nada y los que saben algo coinciden en todo. Los amigos cuentan la misma historia, no hay incongruencias en sus declaraciones. Hernán quiere pensar que Clara se ha fugado. A la vista de los hechos y de las declaraciones, es la opción más plausible. A la hora de comer, cuando el estómago del inspector comienza a parecerse al rey de la selva con sus gruñidos, pregunta sofocado a Raúl.

—¿Hemos terminado?

—Sí, señor. Faltan un par de amigos y Mitch, pero hoy no están en la isla. Mañana están citados a declarar.

—Mejor porque me muero de hambre. ¿Alguna recomendación? —pregunta mirando a los dos compañeros.

—Si quiere un buen arroz, La Mar es el mejor. Un poco carillo, pero como todo aquí, váyase acostumbrando —contesta Raúl.

—Pues tendré que cortarme porque las dietas que me pagan no dan para mucho —dice Hernán, levantándose de la silla.

—¿Me acompañan? —pregunta.

Los dos se miran con cara de circunstancias.

—No es una orden, señores, no pongan esa cara —dice Hernán, riendo.

—Lo siento, inspector, pero tengo que volver a casa. Ya sabe, la mujer y los críos...

—Nada, Raúl, tú a tus obligaciones. ¿Y usted, Mónica?

—Yo... bueno, no sé —comienza a tartamudear.

—No se preocupe, estoy acostumbrado a comer solo. Nos vemos aquí a eso de las seis, ¿les parece?

Una vez fuera, Raúl y Mónica apagan los ordenadores para volver a sus casas.

—Teníamos que haberlo acompañado —dice Raúl

—No sé por qué —dice Mónica—. No somos sus guardaespaldas. Puede ir él solito, ¿no? Joder, Raúl, lo que nos hacía falta, que ahora tuviésemos también que preocuparnos porque el señor esté a gusto.

—No es eso, Mónica, es que... me parece un poco feo.

—Pues haber ido tu —le contesta furiosa.

—Vale, no vamos a discutir. Mañana lo invito a casa. Ven tu también si quieres.

Raúl se va y Mónica se queda aún un momento en el despacho. Apenas ha cerrado la puerta su compañero, da un puñetazo a la mesa. Le revientan los tíos que intentan hacerte sentir mal cada segundo de tu vida. El inspector ha llegado como si aquello fuera su reino y no piensa dejarse pisotear. Aunque está muerta de miedo, ha estado a punto de ablandarse con la invitación a formar parte de los interrogatorios. No puede negar lo evidente: volver a hacer aquello por lo que luchó tanto, sentirse parte de una investigación, pensar, elucubrar, utilizar la mente para conseguir un propósito. Todo lo que había perdido, se lo entregaba Villanueva en una frase. Pero no va a consentir que se ponga como un gallito, creyéndose que el mundo da un giro por cada sitio que pasa. *¡Qué le den por culo!*, dice en voz alta, terminando de recoger los papeles. Mira el reloj: hasta la tarde no hay más que hacer, así que bajará a La Poera a darse un chapuzón. Al menos, conseguirá relajarse.

El restaurante *El Mar* no se diferencia en nada del resto de locales que parecen formar parte del decorado que da la bienvenida a la isla. Colocados en torno a la playa abren sus fauces para capturar a sus presas: esos turistas que llegan mirando a un lado y a otro, y a los que abordan sin darles un respiro. La sala, colmada de mesas ya dispuestas, se abre al mar por ambos lados. Al fondo, la cocina, la caja y una fila de camareros también preparados para comenzar la jornada. Algunos ya están en movimiento, atendiendo a los clientes recién llegados. Hernán se acerca a la entrada y uno de los camareros le hace pasar, saludándole.

—Inspector, pase usted. ¿Le parece bien esta mesa? —pregunta el joven, retirando la silla junto a una mesa un poco apartada.

—Sí..., claro... —contesta algo confuso Hernán.

—Aquí las noticias vuelan, señor —aclara el joven ante la mirada sorprendida del inspector—. A primera hora de la mañana de ayer, la isla entera ya sabía de su llegada.

—Sí, claro, lo comprendo. No se preocupe, es que todavía hay cosas que me sorprenden —contesta el inspector sonriendo.

—¿Una cerveza y va pensando el menú? —le dice el camarero, entregándole una carta en la que abundan arroces y pescados.

Ante la cerveza bien fresca, Hernán contempla el mar. Algún velero atraviesa el horizonte, y pequeñas embarcaciones se mecen en un mar completamente calmo. En el cielo, algunas nubes van avanzando desde el horizonte.

—Habrá tormenta —dice el joven camarero al ver a Hernán mirar hacia el cielo.

—¿Tormenta? Pero si hay un par de nubes y no parecen...

—Pues sí que habrá. Esas nubes de ahí, ¿ve? —le dice señalando unos cúmulos que al inspector le parecen inofensivos —por la tarde se pondrá esto gris como el plomo. Disfrútelo porque aquí la lluvia es cosa rara. Bueno, ¿ya se ha decidido?

—Esto del caldero... ¿me explicas?

—Por supuesto, señor. Una buena elección, un plato típico de la isla. Lleva dos platos: el caldero, donde se cuece el pescado y con el caldo sobrante se hace un arroz a banda.

¡Ah, y que no falte el ali oli! Está delicioso, de verdad, se lo recomiendo.

—Pues no lo pienso más —dice Hernán intentando ocultar los rugidos de su estómago.

—Una ensaladita para acompañar, ¿verdad?

—Por supuesto.

El famoso caldero ha sido todo un acierto, una verdadera comilona que con el calor que abrasa la isla obliga a Hernán a volver al hotel. No encuentra a Ramón en la recepción, así que sube directamente a su cuarto y se tumba sobre la cama. Esta vez no olvida poner el despertador. No entiende lo que le está ocurriendo. Desde que ha llegado a la isla, es como si su cuerpo hubiese adquirido un ritmo diferente. Incluso pensar en Blanca ha cambiado. Ya no es la permanente imagen de su rostro la que ocupa cada minuto de su vida. Y le preocupa porque, de alguna manera, necesita seguir sufriendo su ausencia, continuar añorándola. Si llega a olvidarla, la esperanza de volver a sentirse vivo se extinguirá. Quiere odiarla, extrañarla, quiere verla en todas las demás, quiere ser un desgraciado el resto de su vida, pero se moriría si un día tiene que hacer memoria para recordar aunque solo sea un pequeño detalle de Blanca. Le duele el corazón solo de pensarlo. Suspira e intenta relajarse; es fácil en este lugar. Al poco rato se queda dormido.

Las gaviotas han callado para dejar paso al terrible sonido de los truenos. Hernán se despierta con el corazón desbocado. El caldero era demasiado fuerte y los sueños enseguida pasaron a ser pesadillas. En ellas estaba Blanca, como no. No recuerda apenas nada pero el regusto de la angustia que ha soñado se le ha quedado atascado en la garganta. Mira por la ventana el increíble espectáculo de la tormenta sobre el mar. Los tentáculos eléctricos caen sobre el agua y el estruendo de los truenos convierten el momento en un escenario apocalíptico. Baja a la recepción donde Ramón observa el mar tras los ventanales.

—¡Vaya tardecita! —dice el inspector.

—Buenas tardes, señor. Sí, es maravilloso, ¿verdad? ¿Ve como se pone el mar? Es que se transforma —dice señalando las olas embravecidas que rompen contra las rocas—. Es raro que llueva en estas fechas, pero un chaparrón se agradece. Para el trabajo no es bueno pero no se puede tener todo. Esta tarde no hay ni un alma por aquí, el último barco salió hace rato y el hotel está casi vacío. Mi jefe se va a poner de un humor de perros.

—¿Durará mucho? —pregunta el inspector.

—No lo creo, aunque el cielo no pinta bien. Parece más una tormenta de invierno y esas sí duran, al menos un par de días. Ha refrescado un montón, así que coja una chaqueta si va a salir. Y yo tengo por aquí algún paraguas. ¿Quiere que le ponga un café?

—Se lo agradezco. En media hora tengo que estar en el puesto.

—Pues ahora mismo, jefe —dice Ramón apartándose de la ventana y desapareciendo tras las puertas de la cocina.

Hernán se sienta frente al mismo ventanal desde el que el recepcionista disfrutaba de la tormenta. No puede dejar de mirar el mar, que ejerce una poderosa atracción bajo el gris plomizo, iluminado por los relámpagos. Si Blanca estuviera aquí no habría salido de la habitación. Habrían contemplado juntos la bravura de la naturaleza mientras no dejaban de amarse, de darse placer, de terminar exhaustos y de volver a empezar. Ramón interrumpe sus pensamientos con una taza de café.

—Si no tiene mucho que hacer, acompáñeme —dice el inspector, señalando la taza humeante.

—Un placer, inspector. Ahora vuelvo.

—Estos días tienen algo de especial, ¿verdad? — dice Ramón mientras se sienta junto al inspector con su correspondiente taza de café . —Se quedaría uno aquí pegado al ventanal toda la tarde. ¿Qué tal va lo de la desaparición? Bueno, si no es mucho preguntar, quizá me meto donde no me llaman.

—No te preocupes, Ramón. En estos momentos, las cosas siguen igual. Si no puedo comentar algún aspecto de la investigación, pues me callo y ya está. De hecho, me interesa tu opinión sobre el asunto. ¿Conoces a Clara o a la familia?

—Sí, son prácticamente de la isla. María, la madre, es una mujer como he visto pocas: generosa, luchadora y siempre alegre. La hermana ya es otra cosa. Viene después, cuando María vuelve al trabajo. No es que sea mala, pero tiene otro talante y yo creo que con Clara no se lleva muy allá. Alguna vez las oí discutir aquí detrás —dice señalando hacia fuera—, sobre todo el año pasado.

—¿Sobre qué discutían?

—No lo sé, solamente escuché voces y algo como "vas a matar a tu madre como se entere". Cosas que se dicen, supongo. La niña está en una época mala.

—Y usted, Ramón, ¿es isleño?

—No, soy de Alicante. De hecho vivo allí, al menos oficialmente, porque me paso la vida aquí. El trabajo en el hotel es así: tengo una habitación aquí al lado, donde paso todo el verano. En invierno suelo venir casi todos los fines de semana porque siempre hay algún cliente. Poca cosa, pero aunque sea solamente uno, hay que estar. Y yo lo prefiero, me encanta estar aquí. En invierno esto es una maravilla.

Ante el gesto de sorpresa de Hernán, Ramón añade:

—Ya sé que no es para todo el mundo. La soledad y la calma, a pesar de que parece que todos la buscan, no es muy popular. El noventa por ciento de la humanidad se sentiría ahogado si pasase aquí una sola semana de invierno. Para mí, en cambio, no tiene precio poder sentarse completamente a solas de cara al mar. En fin, que hay gustos para todo y yo, desde luego, he tenido suerte.

—Bueno, Ramón —dice el inspector consultando el reloj —ha sido muy agradable la conversación pero ya es hora de trabajar.

—Espere un momento que le busco un paraguas. Si sale así, va a llegar empapado.

La lluvia es torrencial cuando el inspector sale del hotel. Cobijado bajo el paraguas que le ha prestado Ramón, llega hasta el puesto temiendo que en cualquier momento un rayo caiga a su lado. La tormenta se ha instalado sobre la isla y los relámpagos caen tan cerca que uno puede sentir la electricidad en la piel. Los truenos retumban al momento, dejando los oídos doloridos.

—Vaya tardecita —dice el inspector al entrar, sacudiendo el paraguas y dejándolo en un rincón. No ve paragüero por ninguna parte.

—Pues esta tormenta tiene pinta de alargarse —dice Raúl, mirando a Mónica, que está sentada con unos papeles en la mano.

—Hemos tenido que apagar los ordenadores. Aquí apenas hay pararrayos, así que no podemos arriesgarnos a perder el poco material que tenemos —dice la policía.

—Pues poco podemos hacer, ¿no? —pregunta el inspector—. Si acaso algunas llamadas...

—El teléfono no funciona —contesta Raúl —y a ver cuánto falta para el apagón.

—¿Apagón?

—Casi seguro.

—Pues estamos bien —dice Villanueva, ocupando una silla—. Acabo de tomar un café con Ramón y me ha contado que escuchó a Clara discutir con su tía. ¿La conocen?

—Sí —dice Mónica —Elena, se llama Elena. Suele venir en Agosto, con su marido y sus hijos. No se parece en nada a María, ¿verdad? —pregunta Mónica a Raúl.

—No, la verdad es que no. Elena es... no sé... bastante arisca. Se parece al padre, al abuelo de Clara, quiero decir. Tiene ese gesto malhumorado... No he tratado mucho con ella pero me da que lo de quedarse con Clara no le hace gracia.

—¿Y eso?

—No sabría decir pero da la impresión de que no le tiene mucho cariño a la niña. Ahora no sé, porque Clara ya anda por su cuenta, pero cuando la llevaba prácticamente de la mano... no es que le dijese nada pero era la manera de hablarle y de tirar de ella. La cría a veces parecía asustada.

—Tendremos que preguntar a la señora León.

—No creo yo que sepa mucho —continua Raúl —. Si no, ¿por qué la iba a dejar con ella?

—De todas formas, lo intentaremos. ¿Alguna novedad?

—Nada de nada. La isla está casi vacía. El último barco salió muy pronto por el aviso de tormenta. Se quedaron un par de turistas despistados que supongo pasarán la noche en el hotel. O las noches —dice Mónica —porque la previsión es que el mal tiempo continúe.

—Y es raro —dice Raúl —porque en estos meses no suele caer una gota.

—Será que mi llegada no ha sido bien recibida —dice el inspector mirando de reojo a Mónica.

—Podría ser... —dice ésta, sin mirarlo.

La noche se adelanta en Tabarca bajo la lluvia que no ha cesado en toda la tarde. Los policías se despiden porque el teléfono no ha vuelto a dar señales de vida y es inútil quedarse sentados frente a cuatro papeles que se saben de memoria. Al día siguiente, continuarán con los interrogatorios y Hernán intenta darse esperanza pensando que quizá antes de terminarlos, Clara haya dado señales de vida.

Tras una cena frugal en el hotel, el inspector se refugia en su habitación. Ramón le ha recomendado no encender el televisor debido a la tormenta, así que el inspector se da una larga ducha y, más tarde, coge un libro de la maleta. Son poesías de Benedetti que Blanca, hace ya demasiado tiempo, le regaló.

Es una lástima que no estés conmigo
cuando miro el reloj y son las cuatro
y acabo la planilla y pienso diez minutos
y estiro las piernas como todas las tardes
y hago así con los hombros para aflojar la espalda
y me doblo los dedos y les saco mentiras

Es una lástima que no estés conmigo
cuando miro el reloj y son las cinco
y soy una manija que calcula intereses
o dos manos que saltan sobre cuarenta teclas
o un oído que escucha como ladra el teléfono
o un tipo que hace números y les saca verdades.

Es una lástima que no estés conmigo
cuando miro el reloj y son...

De repente, la luz desaparece. *El apagón,* dice Hernán para sí. Desde la cama, rodeado por la oscuridad del cuarto, contempla los rayos que no cesan a través de la ventana. Poco a poco, se va sumiendo en sueños inquietos, alentados por el rugir de la tormenta, y en los que se cuelan Blanca y Clara, como dos caras de la misma moneda. Ambas lo llaman con sus miradas, una color miel y la otra profundamente negra. Sonríen desde algún lugar que a

Hernán se le antoja lejano. Sus cabellos flotan como si estuviesen bajo el agua. Le dicen algo, las dos mueven los labios de la misma manera pero Hernán no es capaz de distinguir sus palabras. De repente, Clara desaparece, como si algo ahí abajo hubiese tirado de ella con fuerza. Blanca, entonces, se desvanece sin dejar de sonreír.

CAPÍTULO 5

Hubo tres día seguidos de lluvia y tormenta sobre la isla, que quedó tan hastiada de verse gris, que al cuarto día el sol apareció con rabia, intenso, como afirmando que iba a instalarse para siempre. La isla volvió a llenarse de turistas y los interrogatorios en el puesto de policía continuaron sin que se arrojase luz alguna sobre el asunto de la desaparición de Clara León. Hernán siguió disfrutando de la tranquilidad, recordándose a duras penas que estaba allí por trabajo, y Mónica y Raúl volvieron poco a poco a sus rutinas. Los jefes se habían puesto en contacto con el inspector para conocer las novedades del caso, que eran ninguna, pero ni los unos ni el otro habían hecho mención de la vuelta a la civilización de Villanueva. Los primeros preferían poner tiempo y tierra de por medio, e intentar así que el díscolo policía asentase la cabeza; y Hernán, aprendiendo a disfrutar de la tranquilidad de la isla y, consciente de que la estancia estaba siendo beneficiosa para cuerpo y alma, no tenía intención alguna de demandar la reincorporación a su puesto habitual. No se pierde un solo desayuno frente al mar, ni los cafés con Ramón tras la siesta, quien lo va poniendo al día sobre la idiosincrasia y peculiaridades de la isla y sus habitantes. Una vez restablecidas las conexiones con el exterior, Hernán ha hecho un par de llamadas, sin éxito de momento, para intentar localizar al tal Pedro, del que la amiga de Clara le habló. Hoy, repasando los interrogatorios, se decide por seguir la línea del padre desaparecido. Lo primero es visitar de nuevo a María, la madre de Clara, para recabar información sobre el hombre en cuestión. Cierra con llave la puerta del puesto de policía y se encamina por la calle central, e*l Carrer D'enmig* . Le saludan un par de tenderos y los chavales de los restaurantes de la plaza. *Ya casi soy un local*, se dice sonriendo. Al llegar a la puerta de las León, empuja llamando a la vez.

—¿Señora León? ¿Está en casa? Soy el inspector Villanueva.

—Pase, pase. Estaba haciendo limpieza. Es que ya no sé qué hacer. Me estoy volviendo loca. Salgo todas las mañanas temprano, por ver si la encuentro... —y las lágrimas brotan abundantes, como el día que la conoció.

—Hacemos lo que podemos, pero es difícil. Nadie ha visto nada.

—Lo sé, inspector. No los culpo pero esto es...es desesperante.

—¿No tiene familia que le eche una mano?

—Mi hermana pero... le he dicho que no venga. ¿Para qué? Aquí no puede hacer nada y tiene que trabajar.

—¿Qué tal se llevan Clara y su hermana? —pregunta Villanueva, recordando las palabras de Ramón.

—Bien, normal. Es su única sobrina y Clara no tiene más tías. No se adoran, eso no, porque son muy parecidas. Mi hermana tiene un carácter muy fuerte pero es un pedazo de pan. Pero, mire, yo ya no sé nada. Ahora me entero de que mi niña salía con hombres mayores... no tenía ni idea. Pensaba que andaba con las amigas, ¡qué engañada he estado! La veo tan niña... todavía me pide un beso cuando se va a la cama. Yo...yo..—y el llanto arranca sin aviso.

—Cálmese, María —dice el inspector, atreviéndose por vez primera a usar su nombre de pila. Tras un par de minutos abrazada al inspector, María vuelve a recomponerse.

—Perdone, inspector, perdone.

—No pasa nada, es normal.

—Es que no lo entiendo. Tengo un peso terrible que apenas me deja respirar y esa sensación de haberlo hecho todo tan mal...

—No, María, eso no. Los chavales son así. Usted también lo fue. Engañan a los padres, tienen que descubrir el mundo por ellos mismos y por mucho que los protejamos... dejan de ser niños y los padres dejan de tener armas para controlarlos. No se angustie por eso. Tenemos que centrarnos en encontrarla, eso es todo.

—Ha pasado demasiado tiempo, pinta mal, ¿verdad? —pregunta María con sus enormes ojos humedecidos.

—Bueno, es verdad que a partir de las cuarenta y ocho horas, las cosas se complican en los casos de desapariciones. Pero también es verdad que este es un caso distinto. Esta isla está prácticamente desierta, todos se conocen. La posibilidad más razonable es que se fugara. Obviamente, es solamente una opción y estamos siguiendo todas las líneas posibles.

—¿Y si alguien le hizo algo, inspector?

—No podemos descartarlo, María, no quiero engañarla —dice Hernán recordando el sueño de unos días atrás—. Pero no piense solamente en eso, porque la idea de la fuga es la que se mantiene en primer lugar.

—¿Por qué iba a hacer eso? Sé que discutíamos, pero nunca pensé que pudiera ser tan cruel. Y no creo que lo sea, inspector. Además, no falta nada. Ya miramos en su cuarto y en el mío. Mónica y Raúl registraron los dos y le puedo asegurar que está todo. Ni siquiera tenía dinero, ¿dónde puede haber ido?

—De hecho venía a preguntarle por el padre...

—¿Su padre? Ya le dije que no sabemos nada de él.

—Usted no sabe pero quizá su hija, a sus espaldas, intentase comunicarse con él. Muchos adolescentes, hijos de padres divorciados, reniegan del progenitor con el que viven y van en busca de ese que nunca les dio nada pero que, en esos momentos complicados, les parecen héroes. Al final todo vuelve a su cauce pero... Quizá Clara pensó que su padre le daría toda la libertad del mundo para tatuarse el cuerpo entero, para salir hasta la hora que quisiera...

—Puede ser, inspector, yo solamente quiero que tenga razón y que Clara esté bien.

—Yo también, María, y vamos a hacer todo lo posible. He visto que Clara lleva su apellido, ¿verdad?

—Sí, se lo cambié cuando el padre desapareció. Fue una tontería, supongo, pero estaba tan enfadada que no quería que la cría llevase nada de él. Me costó Dios y ayuda, no se crea, con tanto papeleo.

—¿Y qué apellido tiene el padre?

—Redondo.

—Está bien —dice Villanueva apuntando el nombre en una libreta—. Y dice que lo último que supo de él fue que estaba en Francia.

—Sí, eso me dijeron. Un amigo que manteníamos en común.

—¿Cómo se llama ese amigo?

—Murió hace un par de años.

—Vaya. ¿Y familia: padres, hermanos?

—Sí, pero no se hablaba con nadie. Sus padres, si todavía viven, eran de Valladolid. Una hermana vivía en Barcelona y otros dos hermanos en Madrid. Pero yo nunca los vi, ni siquiera vinieron a la boda. Tendría que haberme dado cuenta entonces, pero fui una idiota. Me enamoré y no quise ver más allá.

—Si le consuela, usted no es la única —dice el inspector, mientras sigue tomando notas.

—Hace poco, ¿verdad?

—¿Cómo?— pregunta Villanueva levantando la vista del cuaderno.

—Que si ha abierto los ojos hace poco.

—Pues sí —añade Hernán incómodo. No está acostumbrado a contarle intimidades a sus interrogados. Si lo viese su jefe, lo despediría. Pero, ¿qué coño? Lo han mandado al culo del mundo, así que las leyes cambian.—. Hace muy poco y es duro.

—Con el tiempo, pasa —asegura María— aunque ahora le parezca que es imposible.

—Eso espero —y carraspea en un intento de retomar las preguntas—. Supongo, entonces, que no tiene dirección alguna de los familiares.

—No, la verdad es que no. Nunca se pusieron en contacto conmigo. Yo creo que ni siquiera sabían que Jorge se había casado y mucho menos que tuviese una hija.

—Bueno, pues creo que he terminado. Intentaremos localizar a la familia, a ver si es posible. Gracias, señora León.

—Gracias a usted, inspector —contesta con esa mirada de súplica que a Hernán le encoge el estómago. Le gustaría salir corriendo y no ver esos ojos nunca más.

CAPÍTULO 6

Ernesto sale del hotel con una sonrisa en los labios. Aún no ha amanecido, ha dormido solamente unas horas, pero el sueño ha sido tan reparador que se siente lleno de energía. La que llevaba faltándole durante todo el año. Las cosas no le habían ido bien últimamente: su madre había enfermado de Alzheimer, su mujer se había cansado de cuidarla y no le había quedado más remedio que ingresarla en una residencia de ancianos. El alma se le partía cada día que iba a verla. Apenas si lo reconocía y las condiciones del centro no eran las mejores. Pero,   con su sueldo, no podía permitirse nada mejor. Las peleas en casa se habían multiplicado, llegando a ser insoportable la convivencia. Los hijos se escondían en sus habitaciones ante los estallidos de ira de la madre. Había sufrido dos ataques de ansiedad durante los meses que Ernesto había llevado a la abuela a casa. Ya no podía más con la situación. Una vez que su madre ingresase en la residencia, las cosas se habían calmado pero, al poco tiempo, las riñas volvieron sin saber la razón. La mujer había decidido llevarse unos días a los niños con su familia, así que Ernesto, de repente, se encontró solo y, para ser sinceros, más feliz de lo que había sido en mucho tiempo. Una noche, mientras cenaba en el salón de casa, disfrutando de la reciente libertad, aún sorprendido por la dulce sensación, le vino a la memoria su antigua afición: el submarinismo. Era feliz cuando se sumergía en el mar y se perdía entre las aguas, observando peces y plantas o atisbando las fallas oceánicas. El recordar aquellos momentos aún le provocaba un aumento del ritmo cardíaco y una sensación de que la vida estaba en el lugar que le correspondía. Desde su matrimonio, y de manera gradual, había ido cediendo a las exigencias de su mujer, a la que el mar no le gustaba demasiado. Prefería salir a pasear por la ciudad, o pasar la tarde en un centro comercial, y Ernesto piensa ahora que jamás hizo el mínimo esfuerzo para que él pudiese continuar con lo que realmente le apasionaba en la vida. De hecho, posiblemente, lo alejó de aquel mundo para conseguir tenerlo bajo su total control, pensaba Ernesto, que poco a poco iba abriendo los ojos y descubriendo que los últimos veinte años de su vida habían sido un infierno. Al día siguiente, se acercó a una agencia de viajes y contrató el viaje a Tabarca. Le había parecido una buena elección: poca gente y un fondo marino espectacular. No se podía pedir más. Tuvo que retrasar el viaje un par de días por las tormentas, pero la familia no volvería en una semana, así que tenía tiempo de disfrutar de esa pequeña escapada. Una tía se haría cargo de la madre, así que todo resuelto, inició el viaje. En la maleta, su antiguo equipo de submarinismo y poco más. Al llegar al hotel, se sintió en paz. Era maravilloso abrir la ventana y ver ese mar que prometía tantas cosas. El recepcionista le indicó los mejores lugares para ver peces y los restaurantes donde más tarde podría darse una buena comilona.

Las gaviotas ya están despiertas a pesar de la hora. Gritan y ríen sobrevolando las rocas que caen sobre el mar. Ramón le ha indicado que una de las calas más interesantes está justo al lado del hotel. Desde arriba, ve las grutas que se abren sobre el agua y siente el cosquilleo de la emoción de hacer lo que siempre le ha apasionado. Con el equipo en la mano, *¡menos mal que no permití que me lo tirase!*, piensa mientras baja con cuidado, sorteando piedras, hasta llegar a la base de la cala. Se pone el tubo y deja el resto del equipo en la pequeña playa. No es demasiado profundo y no necesitará nada más. El sol ha empezado a salir y los rayos, aún débiles, se reflejan en el agua, haciéndola aún más apetecible. De pronto, sin razón aparente, cuando el agua le llega hasta el pecho, siente un escalofrío que, en un primer momento, le obliga a dar unos pasos hacia atrás. *Joder, qué blando me he vuelto. ¿Me voy* *a acojonar ahora?*, se dice volviendo a sumergirse, esta vez por completo. Los peces parecen bailar a su alrededor. Son pequeños, blanquecinos, con algunas motas negras adornando sus escamas. Espera ver algo un poco más interesante, así que se adentra entre el plancton y se dirige a la boca de la gruta más grande. La luz va desapareciendo a medida que entra en la cueva. Allí los peces son algo más grandes. Tendrá que salir y coger el equipo, a ver si puede bajar un poco más. Ramón le ha comentado que en los bajos de la iglesia alguna vez ha visto morenas. Se acercará más tarde por esa zona. De pronto, una bancada de peces de colores le da la bienvenida y Ernesto sonríe, sintiéndose el hombre más feliz del mundo. Avanza hacia las paredes de la cueva, inspeccionando el terrero. Junto a las rocas siempre hay especies que merece la pena contemplar. Emerge del agua, apoyándose sobre las piedras y entonces su corazón comienza a palpitar sin freno. Tiene miedo. En el entrante de una roca le ha parecido ver algo que...*no puede ser, no, es imposible*, piensa, con la clara intención de alejarse de allí lo antes posible. Pero la curiosidad siempre gana y Ernesto, despacio, va hacia el lugar donde cree haber visto una mano. En el hueco, que a primera vista no parece profundo pero que descubre que sí lo es, encuentra unos palos atados con cuerdas. Ahora flotan en el agua, seguramente arrancados por el temporal de días pasados. Y enganchado entre ellos ve lo que nunca hubiese querido contemplar: un brazo viscoso, sin vida. En un primer momento y, aunque la razón parece haberlo abandonado, piensa que el miembro está sólo, que va y viene al compás de las olas que rompen con dulzura sobre las rocas. Tiene ganas de vomitar y de salir de allí corriendo, pero no puede. Aunque apenas logra controlar el temblor, consigue finalmente tirar con suavidad del entramado de palos y cuerdas. Lo que tiene claro es que no piensa tocar esa masa blancuzca pero, sin apenas esfuerzo, el resto del cuerpo nada directamente hacia él. Intenta esquivarlo pero está paralizado y, con horror, contempla como unos ojos blanquecinos y muy abiertos lo miran mientras se acercan. Siente el cuerpo sin vida de una mujer pegado al suyo, como en un absurdo baile al que él no la ha invitado. Durante unos instantes se queda allí, perdido en la mirada vacía de la mujer, su mente alejándose de la cordura, aspirando la podredumbre que sale de su boca abierta. Quizá se habría quedado allí para siempre, nunca lo sabrá. Su mente está a mil años luz de esa cueva, enterrada en algún lugar profundo, intentando salvarse de la quema. Va a ser su cuerpo el que de la voz de alarma y rescate la poca razón que le queda. El oxígeno no le llega a los pulmones, siente llegar el mareo y, sin saber muy bien cómo, consigue sumergirse de nuevo y alcanzar la pequeña playa de la cala. El grito que emerge de su garganta le parece de otro, y algún anciano de la isla que ya no duerme a esas horas, cree escuchar de nuevo al *Llop Marí*. Ernesto alcanza la playa pedregosa y se tumba, intentando recuperar el aliento. Después, corre como alma que lleva el diablo hasta el hotel y allí se derrumba. Cae al suelo con un gran estrépito que hace que Ramón salga con las manos enharinadas de la cocina.

—¿Qué le pasa, hombre? —pregunta hecho un manojo de nervios a un tipo que es incapaz de contestar. Va a la cocina en busca de un vaso de agua y su móvil. Intenta hacerlo beber pero ha perdido la consciencia. Temblándole las manos, consigue llamar al puesto de policía, olvidando en ese momento que el inspector duerme en una de las habitaciones.

—Mónica, soy Ramón —dice muy alterado. —Es uno de los clientes, está... se ha desmayado y no sé qué hacer.

—Llamo a Mercedes, el médico todavía no ha llegado. Voy para allá. Y avisa al inspector.

Mercedes es el único personal sanitario que reside en la isla. En verano, el médico acude todos los días unas horas, pero durante el invierno apenas si viene cada dos meses. Mercedes es el paño de lágrimas de todos los habitantes de Tabarca. Ha curado heridas, bronquitis, ha certificado muertes y ha asistido a algún que otro nacimiento. De hecho, para los locales de la isla, Mercedes es "la doctora" y su opinión siempre está la primera de la lista, por encima del facultativo que se deje caer por allí de ciento en viento.

Cuando Mónica llega al hotel, un azorado Ramón abanica al hombre con la cara más pálida que haya visto jamás.

—¿Qué ha pasado? —pregunta la policía. —Ahora llega Mercedes —le dice a Ramón.

—No sé —contesta éste—. No habla, le pregunto pero nada. Al menos ha recuperado la consciencia. Se cayó ahí —dice señalando la puerta —como si fuera un fardo. No conseguía que volviese en sí.

Mónica se sienta junto al hombre.

—¿Cómo se llama? —le pregunta. Ante el silencio, Ramón responde: —Es el señor Ernesto Villegas. Llegó ayer. Se va a quedar unos días...

—¿Cómo estaba a estas horas fuera del hotel? —pregunta Mónica, ahora directamente a Ramón.

—Quería hacer submarinismo. Supongo que salió temprano al mar. Ayer estuvimos hablando y le propuse algunos sitios para sumergirse, pero no sé...

—Puede que le haya dado un mareo o que se sintiese mal...

—A ver que dice Mercedes —apunta Ramón que continúa abanicando a Ernesto.

—Está muerta... era una muerta... —tartamudea de pronto el hombre, con la mirada fija en el infinito.

—¿Cómo dice? —pregunta Mónica alarmada. De repente, siente un nudo en la garganta y los cuerpos destrozados de las niñas vuelven a aparecérsele. —¿Qué ha dicho? ¡Señor, señor...! ¿Qué...?

—Muerta... resbala...su cuerpo... —y, sin previo aviso, vomita sobre la alfombra que tiene a sus pies. Ramón tiene que contener una exclamación y esconder un mal gesto. Pero es que cuando venga el jefe, va a tener bronca.

—Voy a llamar a Raúl y ¿dónde está el inspector? Ve a despertarlo, Ramón. Esto me suena muy mal —dice Mónica, cogiendo el móvil. Intenta llamar un par de veces sin éxito. —¡Joder, la puta cobertura! —exclama ante la mirada sorprendida de Ramón quien jamás había escuchado hablar así a la policía. —Déjame el fijo, a ver si está en el puesto. Raúl no tiene teléfono en casa—. Se acerca al mostrador de recepción y, sin perder de vista al hombre, que ahora se ha tumbado en el sofá, llama al puesto.

—¿Raúl? Ven al hotel, es urgente.

El policía llega a los dos minutos y pregunta a Mónica con la mirada. El inspector ya ha bajado y, aún medio adormilado, permanece sentado junto a un hombre que parece encontrase en un estado pésimo. Mercedes, junto a ellos, está preparando una inyección.

—¿Qué ha pasado? —pregunta Raúl a Mónica.

—Ese tipo, un cliente del hotel, que se ha desmayado. Está semiinconsciente pero antes dijo que había visto una mujer muerta en el agua.

—¿Dónde? —pregunta Raúl asustado.

—No sabemos. No ha vuelto a decir nada. Mercedes le va a poner un tranquilizante. Dice que está en shock —dice el inspector .

—¡Madre mía! ¿Creéis que es...?

—No lo sé, pero suena raro. A ver si dice algo y, en todo caso, iremos a mirar por las calas. Dice Ramón que estaba haciendo submarinismo. Que puede que haya ido a la Cala del Llop Marí porque en ese estado le parece raro que haya podido venir desde más lejos —añade el inspector, cogiendo la taza de café que Ramón acaba de prepararle.

Mercedes le da un par de consejos a Ramón que, lo quiera o no, será quien se encargue de cuidar al hombre a falta de hospital.

—Que esté tranquilo, hidratado y cuando se despierte no lo cosáis a preguntas —dice mirando a los tres policías.-

—Si hay algún cambio, avísame —dice esta vez directamente a Ramón.

—Gracias, Mercedes —contesta éste, pensando que menuda le ha caído, con la de cosas que tiene que hacer. Temporada alta y él de enfermero. Si es que no le pagan ni la mitad de lo que deberían.

Los policías se sientan a una de las mesas y Ramón les lleva una jarra de café. No sabe qué hacer con el hombre. Tendría que subirlo a la habitación, pero no será fácil. Se acerca la hora del desayuno y aquello se va a llenar de gente, y lo último que desea es que vean a un tipo que no se sabe si está borracho o muerto, tumbado en un sofá del hotel.

—¿Podrían ayudarme a llevarlo a su habitación? —pregunta con cautela.

—Claro, Ramón, aquí no lo podemos dejar. Nos turnaremos para echarle un ojo —dice el inspector.

Y entre los cuatro lo suben a su cuarto: *Calma* es el nombre de la habitación. *Menudo acierto el nombrecito*, piensa Hernán. Lo dejan en la cama y establecen los turnos, que inicia Mónica.

Cuando bajan, los clientes, ajenos a lo que ha sucedido esa madrugada, van llenando platos con fiambre, fruta y tostadas. Ramón atiende a todos con su eterna sonrisa, mirando de cuando en cuando la alfombra que el señor

Villegas ha dejado hecha un asco. Tendrá que quitarla en cuanto tenga un hueco. Hernán y Raúl se despiden del recepcionista y van a echar un vistazo por los alrededores. De momento no hay bañistas por la zona, lo que es de agradecer. No se ve nada a simple vista pero si el hombre estaba dentro del agua, tendrán que llamar a alguien que pueda sumergirse. Hernán, desde luego, no tiene intención alguna. El mar le gusta en su justa medida: contemplarlo, olerlo, darse un baño en la orilla...pero adentrarse entre plantas extrañas y peces no es lo suyo. Y menos aún si hay un cadáver flotando en sus aguas.

—Habrá que llamar a Leo y a Ana —dice Raúl

—¿A quiénes?

—Son los buzos. Bueno, no es que pertenezcan al Cuerpo, señor. Son aficionados pero saben mucho de submarinismo.

—Ya, pero no sé. Imagina que es verdad lo del cadáver. Tendrán que venir los especialistas.

—Bueno, si usted lo dice. Pero para cuando quieran llegar, el cadáver estará en alta mar —contesta Raúl.

—Vamos a esperar un poco, a ver si ese hombre dice algo.

Recorren la isla y cada una de las calas, pero no ven nada extraño. Han colocado una de las señales de Prohibido Bañarse en la cala del Llop Marí, ya que es el lugar donde probablemente estuvo Ernesto. De pronto, suena el móvil de Raúl.

—Venid —dice Mónica—. El señor Villegas ha despertado. Dice que vio una mujer muerta en el Llop Marí.

—Vamos para allá —contesta Raúl.

En la habitación llamada *Calma*, Ernesto está recostado en la cama, con un par de almohadas tras su cabeza. Mónica, sentada a su lado, intenta hablar con él. Se levanta al llegar sus compañeros.

—Buenos días, señor Villegas. ¿Se encuentra mejor? —pregunta Hernán.

—No, no se pueden imaginar... era...

—Está bien, tranquilo. Intente ir por partes.

—Bajé a la cala esa que me recomendó Ramón, el recepcionista-. Me desperté muy pronto, supongo que por los nervios de volver a sumergirme. Hacía años que no... bueno, el caso es que dentro de la gruta vi unos palos atados y lo que me pareció... me pareció una mano. Cuando tiré del entramado de palos y cuerdas, salió el cuerpo entero. Yo... yo no sé si se quedó ahí o... pero estaba muerta. Tenía los ojos muy abiertos, y la piel...creo que se le desprendió un trozo y... —Ernesto comienza a tener arcadas y se levanta corriendo al baño. Cuando vuelve, las ojeras se le han oscurecido aún más.

—Túmbese otra vez —dice Mónica—. Voy a traerle un zumo y algo de comer.

—Yo no sé si...

—Tiene que tomar algo —dice la policía sin que quede opción al desacuerdo.

—Entonces, ¿está seguro de que era un cadáver?¿ No podría haberlo confundido con...? —pregunta el inspector.

—¿Con qué? ¿Con qué se puede confundir a un muerto?

—Está bien, descanse. Mi compañera le traerá algo de comer y si necesita alguna cosa...

—Gracias.

Cuando Raúl y el inspector están saliendo por la puerta, Ernesto dice como para sí: —Y lo peor eran sus ojos... eran tan... tan blancos.

Las llamadas de Hernán a la comisaría de Alicante tienen un éxito relativo. Prometen enviar a los especialistas lo antes posible, pero el inspector no las tiene todas consigo. Las declaraciones de un turista no les parecen lo suficientemente válidas para enviarlos con urgencia. Al final, el inspector tiene que hacer caso a Raúl y llamar a la pareja de buzos.

—Tenemos que ponerlos sobre aviso —dice el policía—. No podemos dejar que se sumerjan sin saber qué pueden encontrarse. Me parece a mí, inspector...

—Tienes razón, Raúl, pero tampoco quiero alarmar a la gente y si esos buzos hablan...

—No se preocupe, son de fiar.

Mónica se une a ellos cuando los buzos están entrando en el agua.

—¿Cómo va? —pregunta.

—Acaba de empezar la cosa —dice Hernán—. No me gustaría estar en su lugar.

—Ni a mí —contesta Mónica, que se frota las manos sin parar. Hernán se da cuenta pero no pregunta. Cada uno tiene sus miedos.

El silencio es absoluto. Raúl se ha quedado en la zona superior, impidiendo que la gente se acerque a la cala. Se ha corrido el rumor de que quizá se haya quedado atrapado un tiburón pequeño. Raúl no va a desmentirlo. Hernán está tenso, sabe que ahí abajo está Clara. Lo ha sabido desde aquella noche en la que soñó con ella y con Blanca. ¡Malditos sueños! Siempre lo mismo. Mónica, a su lado, parece un volcán en erupción. Va de un lado a otro, se muerde las uñas y tiene unas terribles bolsas bajo esos preciosos ojos verdes. *No son tan bonitos. Son verdes y punto,* se dice Hernán, intentando aplacar el efímero momento en que ha tenido la tentación de abrazarla y tranquilizarla. Tras unos minutos, que a Hernán le parecen años, emerge del agua la cabeza de Leo. No puede ver la expresión de su cara con la escafandra puesta pero sí la caída de sus hombros. Al momento, sale Ana y, entre los dos, acercan el cuerpo de una mujer a la orilla. Mónica y Hernán se miran; los dos saben. Cuando los buzos la dejan sobre las rocas, Hernán piensa que Ernesto tenía razón: lo peor son sus ojos.

CAPÍTULO 6

Al cabo de media hora, toda la isla sabe que en la cala del Llop Marí ha aparecido un cadáver. Y los turistas no son menos: grupos de excursionistas con sus cámaras de fotos se acercan hasta el lugar. Aquello parece *Nôtre Dame* en hora punta. Los tres policías se ven desbordados ante la avalancha de curiosos. Villanueva decide, en primera instancia, cubrir el cuerpo de Clara y acordonar la zona. Raúl vigila el lugar e intenta, con mayor o menor éxito, que la gente no sobrepase la raya. Mónica se ha llevado a la señora León quien, para regocijo de los presentes, ha comenzado a gritar al ver el cuerpo de su hija. La escena ha sido dantesca y Hernán, tiene que reconocerlo, ha perdido los papeles. María, que por supuesto había sido de las primeras en escuchar la noticia de que había aparecido un cadáver en el Llop Marí, había llegado acompañada de unas vecinas que intentaban, sin saber bien cómo, tranquilizarla. A pesar de los intentos de Raúl y Mónica para que no se acercase a la cala, María había conseguido zafarse de ellos, y aunque consiguieron impedir que bajase hasta la playa, nadie pudo evitar que contemplase el cuerpo sin vida que yacía sobre las piedras. Desde allí no podía distinguir a Clara, pero aún así supo que había perdido irremediablemente a su hija. Durante unos segundos, el silencio había sido aterrador y solamente fue roto por el grito animal de María. Entonces, los turistas habían sacado sus teléfonos móviles y cámaras, y no habían dudado en fotografiar el momento. Hernán subió desde la cala y comenzó a vociferar a los curiosos, obligándoles a retirarse. Algunos hablaban de abuso policial mientras volvían a las calles de la isla, pensando en que nadie de su entorno tendría tanto que contar de sus vacaciones como ellos. Tras espantar a las masas de reporteros aficionados, Hernán se había acercado a María, que había hundido las rodillas en la tierra y no dejaba de llorar. Mónica había llamado ya a

Mercedes que, en un solo día, estaba teniendo más pacientes que en todo el año. Con mucho cariño y la ayuda de las vecinas, Mónica logró levantar a María del suelo y alejarla de allí.

Ahora Hernán está sopesando qué hacer. Ha intentado llamar con el móvil a la comisaría en Alicante pero, para variar, no hay cobertura. Ha mandado a Raúl a hacer las llamadas pertinentes, ya que no hay nadie más que pueda quedarse con el cadáver. Los buzos, Ana y Leo, han decidido hacerle compañía y echar una mano si lo necesita. En condiciones normales, no lo permitiría, sería una falta grave dejar que civiles anduviesen por la escena de un crimen como Pedro por su casa. Pero, ¿qué puede hacer en un lugar donde solamente hay tres policías? Les agradece la ayuda e intenta pensar en cómo organizar todo aquello. Habrá que trasladar el cadáver pero, ¿a dónde? Supone que no habrá una morgue donde dejarlo hasta que vengan a buscarlo de la capital. Tendrían que hacerle la autopsia lo antes posible, aunque llevando tanto tiempo en el agua, las cosas se van a complicar aún más si cabe. Raúl vuelve pronto con noticias. El jefe quiere hablar con él directamente, así que deja al mando a Raúl y se dirige al puesto. No puede quitarse de la cabeza esos ojos que miraban con insistencia *¿tenía párpados, Dios mío?* Lo recorre un escalofrío a pesar de que la temperatura debe superar los treinta grados.

—Soy el inspector Villanueva, de Tabarca —solamente decirlo le parece extraño.

—Ya nos ha informado su subalterno del hallazgo del cadáver —dice el jefe Santana—. ¿Cómo va a proceder?

¿Qué cómo voy a proceder? Pero esta gente, ¿qué se creen? Pues procederé como me digan, la hostia, piensa Hernán a punto de estallar, pero finalmente controlando el impulso de mandar a la mierda a su superior.

—Aquí no hay personal, señor. Necesitaríamos...

—No puedo asegurarle nada. Es temporada alta y Alicante está hasta arriba: atracos, agresiones, ¿qué le voy a contar?

—Ya, pero esto es...

—Sí, comprendo, pero la cosa está difícil. Con los recortes no podemos contratar más gente. Es lo que hay, Villanueva. Enviaremos a un par de buzos, y a alguien que haga el traslado del cuerpo. Y no se queje, que al menos tiene ahí a una subinspectora.

—¿Subinspectora? —pregunta Hernán extrañado.

—Claro, Mónica Esteller. Subinspectora en la comisaria de Barcelona durante diez años.

—Pero..

—Sí, Villanueva, es inexplicable. Bueno, tuvo un problema allá en la capital. Algo muy feo, creo. El caso es que pidió un traslado a la isla. Pero lo importante ahora es que tiene los conocimientos necesarios para trabajar con usted. Es que Villanueva, estamos donde estamos. A nadie le importa si tenemos que hacer malabarismos para conseguir que todo marche, pero después enseguida somos los que nos llevamos los palos cuando algo no sale bien. En fin, Villanueva, haga lo que pueda.

—¿Y el cadáver?¿Qué hacemos? La temperatura es altísima y no tengo idea de cómo conservarlo.

—Mando al personal lo antes posible, pero le advierto que ahora están liados sacando a muertos y heridos de un accidente de autobús. Otra tragedia... un montón de chavales que volvían de un campamento. ¡Qué puta vida! Hablamos, Villanueva, y suerte.

—Gracias, señor —dice el inspector mientras cuelga el teléfono sin dar crédito a la conversación que acaba de mantener. ¿Cómo va a poder manejar todo esto? *Lo primero es lo primero*, se dice, levantándose de un salto de la silla.

En la cala, Raúl continúa echando turistas de los alrededores. Menos mal que el último barco no tardará en salir. Leo y Ana continúan junto al cadáver.

—Raúl, ¿dónde podemos meter el cadáver mientras vienen los de Alicante? No sé, un contenedor de un restaurante o...

—No hace falta, inspector. En el cementerio hay un par de neveras.

—¿Cómo?

—Sí, hicieron un edificio nuevo, hará unos cinco años y, nadie sabe la razón, metieron dos neveras que nunca se han usado. Bueno, miento, se usaron una vez, cuando murió Adriano, un anciano tabarquino. Su familia vivía en Estados Unidos, así que usamos la nevera para mantenerlo hasta que llegaran y pudieran enterrarlo.

—Pues bendito sea el que tuvo la ocurrencia, porque veía a los de algún restaurante sacando langostas y bogavantes para meter a la pobre muchacha.

—¿Quién hará el traslado? —pregunta Raúl asustado.

—Pues nosotros, a ver. No podemos dejar el cuerpo a la intemperie con este calor. Le pediremos ayuda a Leo y a Ana. Esto es un desastre, pero es lo que hay. Habrá que peinar la zona, aunque después de tanto tiempo, no creo que encontremos gran cosa.

Entre los tres, al final Raúl ha optado por ir en busca de un motocarro de alguno de los restaurantes para transportar el cuerpo y evitarse el mal rato, suben el cadáver desde la cala, con mucho sudor y esfuerzo por parte de Hernán, y como si fuera un paseo en el caso de los buzos. Rodeados de turistas que, ante la mirada hostil de Hernán, se mantienen a una prudencial distancia, logran subir el cadáver al coche y, en completo silencio, llevarlo hasta el cementerio. Una vez depositado en una de las neveras, Hernán cierra la sala donde se encuentran, y suspira. Ahora, toca lo peor: ir a visitar a María León.

Mónica lo hace entrar al cuarto en semipenumbra donde un grupo de mujeres, sentadas como varas en sillas, guardan silencio. María, entre ellas, agarra con fuerza un pañuelo mientras las lágrimas corren por sus mejillas hasta el regazo. De cuando en cuando, deja escapar un leve grito de angustia que a Hernán le pone los pelos de punta.

—Inspector, ¿dónde está mi niña? —pregunta con voz angustiada y ronca.

—La hemos llevado al cementerio. Ahora...

—Quiero verla, por favor —suplica la mujer.

—No creo que sea posible. Esperamos a los técnicos y...

—¡Por favor! Quiero verla, no puede hacerme esto.

El resto de mujeres clavan sus miradas asesinas en el inspector, que consigue tragar la bola que se le ha hecho en la garganta.

—María, de verdad. No creo que sea buena idea. Lleva demasiado tiempo en el agua.

—María —dice Mónica con una voz tan suave que parece terciopelo—. El inspector tiene razón. No vas a ver a Clara ahora. Esperaremos a los técnicos y después podrás despedirte de ella.

—Pero Mónica, es mi niña. Necesito verla, aunque sea...

—Vamos a hacer lo mejor por Clara. Necesitamos que los expertos nos digan qué le pasó y por eso no podemos visitarla ahora. Hazme caso, María, es lo que debemos hacer.

—Van a abrirla, ¿verdad? —pregunta la mujer mirando a Hernán.

—Bueno, sí, tendrán que hacerle una autopsia. Lo siento, María, de verdad.

—Gracias, inspector —dice la mujer, ahora con un renovado aplomo. —Mi pequeña ya no puede sufrir más. El sufrimiento ahora es para mí, y haré todo lo que sea necesario para encontrar al canalla que se la ha llevado.

—Aún no sabemos qué pasó.

—Si tiene en mente la idea de que se ha ahogado o algo semejante, olvídela. A mi niña la han matado. ¡Dios mío! Esto es una pesadilla, yo no puedo...—e irrumpe de nuevo en llanto. Una de las mujeres la coge con cuidado y la vuelve a sentar. Hernán y Mónica salen fuera.

—¿Ha llamado a la hermana? —pregunta Hernán.

—Sí, vendrán en el primer barco de mañana.

—Mejor. Necesita a alguien que cuide de ella.

—No va a encontrar consuelo —añade Mónica, pensativa.

—Bueno, subinspectora, tendremos que ponernos a trabajar.

—¿Cómo? Yo ya no...

—Puede que hasta este momento no ejerciese el cargo, pero el jefe ha dicho que tiene que retomarlo. Es una orden. No hay nadie disponible.

—Yo no puedo hacerlo —dice Mónica tajante.

—Mire, yo no conozco las razones de su renuncia, o de la extravagante idea de venir a malgastar su vida en un lugar como éste, pero yo sólo no puedo hacerlo. Habiendo sido subinspectora, debería de saber que estamos ante un caso peliagudo. Y, además, sin apoyo ninguno.

Mónica se da la vuelta y se va, dejando al inspector con la palabra en la boca. Hernán no da crédito a la obvia falta de educación de la subinspectora, *o lo que quiera que sea*, piensa.

Raúl se une al inspector a la puerta de la familia León, y con un gesto pidiendo la aprobación de Villanueva, que con otro se la concede, entra a visitar a María. Hernán lo espera fuera hasta volver a ver aparecer a un Raúl emocionado y triste.

—Pobre mujer, no se lo merece —dice Raúl, secándose las lágrimas.

—Nadie se merece algo así —añade el inspector—. Ahora nos toca trabajar. Te informo de que el jefe ha ordenado que Mónica retome el cargo de subinspectora.

—No puede —dice Raúl.

—¿Y eso?

—Señor, son cosas muy personales. Tendrá que preguntarle a ella, pero no creo que sea capaz de volver a...

—¿Preguntarle a ella? Se ha largado en medio de una conversación. Es imposible hablar con esa mujer. Pero si sigue siendo policía, sabe de sobra lo que es una orden.

—Tenga paciencia con Mónica. Ha sufrido mucho.

—Todos sufrimos, Raúl, no me seas mieles.

—Es distinto.

—Pues si no vas a contármelo, mejor empezamos a trabajar porque se me está poniendo muy mala leche. Y eso no es bueno, te lo aseguro.

—Como usted diga, señor —dice Raúl, rojo de vergüenza.

Aunque el inspector esperaba encontrar a Mónica en el puesto, la puerta está cerrada con llave. No hay ni rastro de ella. Con un humor de perros, comienza a volcar las fotos del cadáver que ha hecho con su móvil. No es que la calidad sea estupenda, pero a falta de otra cosa, eso tendrá que valer. Las envía a la comisaría de Alicante, cruzando los dedos para que los técnicos tengan tiempo de analizarlas.

—Tenemos que comenzar de nuevo los interrogatorios. Posiblemente, la subinspectora y yo tengamos que viajar a Sevilla. Habrá que registrar la casa de las León y hablar con amigos y familiares, si los hay. Y está la pista de ese tal Pedro. Me pondré en contacto con la policía de Sevilla, a ver si pueden encargarse ellos de lo más gordo. Así que

Raúl, me temo que tendrás que encargarte tú de los interrogatorios en la isla.

—¿Yo? No sé si yo...

—Lo harás bien, Raúl. Conoces a la gente de aquí, ¿quién mejor? Tendrás que grabarlos todos y, cuando volvamos, estudiaremos cada uno de ellos. Esto está tomando un cariz que no me gusta. Sin personal, puede que el caso de Clara nunca se resuelva —dice el inspector pensativo.

—Alguien tuvo que matarla, inspector.

—No lo sabemos. A simple vista, no se apreciaban heridas, pero estaba vestida y... a saber. No podemos tener ideas preconcebidas, Raúl. Como policía, debes analizar, no opinar, ¿de acuerdo?

—Está bien, señor.

—Bueno, pues empezamos a llamar a los amigos de nuevo. Mañana aquí a primera hora. De momento, no podemos hacer más. Vete a casa, yo intento hablar con Sevilla.

—Gracias, inspector. Mi mujer me llamó antes y está asustada. Tenemos una cría. Es más pequeña que Clara pero, ya sabe, uno siempre tiene miedo.

—Tranquilo, Raúl, y calma a tu mujer. De momento, nadie más ha desaparecido. Como te he dicho, no se puede descartar nada, pero por experiencia me parece un caso aislado. Algo que tenía que ver exclusivamente con esa niña. Y no se puede descartar que sencillamente sufriese un accidente.

El inspector intenta, en vano, hablar con alguien que pueda encargarse del caso en Sevilla. Es tarde y los jefes ya no están. Habrá que esperar a mañana. Hernán sabe que el tiempo es oro en estos momentos, pero nada más puede hacer. Vuelve al hotel, donde se encuentra con Mercedes, que se ha dado una vuelta por allí para ver como está el paciente. Parece que el señor Villegas se encuentra más tranquilo y ha decidido irse en el primer barco de la mañana. Hernán siente tener que decirle que tendrá que quedarse unos días más. Habrá que tomar huellas dactilares e interrogarlo como es debido. Ramón está con él, le dice la enfermera, así que, tras despedirse de ella y darle las gracias por su labor, sube hasta *La Calma* y llama a la puerta. El recepcionista abre y lo invita a entrar. Está deseando marcharse, el resto de clientes espera.

—Buenas noches, señor Villegas —le dice al hombre que sigue postrado en la cama. Tiene mucho mejor aspecto, aunque el nerviosismo se hace patente en sus movimientos repetitivos y rápidos.

—Buenas noches, inspector —contesta. —¿Han averiguado algo? Pobre chica, yo no sabía que alguien había desaparecido...ha sido terrible, se lo aseguro.

—No lo dudo. Lo siento mucho por usted, la verdad.

—Mañana mismo me voy. Necesito volver a casa y tranquilizarme.

—De eso quería hablarle. De momento, no puede irse de la isla.

—¿Cómo? ¿Creen que tengo algo que ver con eso...con esa atrocidad?

—Desde luego que no, señor Villegas, pero hay que seguir un procedimiento y no podemos saltarlo. Una chica ha aparecido muerta y tenemos que descubrir qué ha pasado.

—¿Pero yo qué tengo que ver? —pregunta ansioso.

—Tenemos que tomar sus huellas y realizar un interrogatorio formal que tendrá que firmar. No es por gusto, señor Villegas, pero cualquier cosa, por muy insignificante que parezca, puede ser vital para descubrir la verdad.

—¿La han asesinado?

—No lo sabemos —contesta el inspector.

—Pero esos palos con las cuerdas...

—No podemos descartar cualquier otra cosa: un accidente, no sabemos. Por eso es importante que personas como usted colaboren con nosotros.

—Está bien. Pero, por favor, que sea lo más rápido posible. Quiero perder de vista este lugar y le aseguro que en cuanto vuelva a casa vendo el traje de submarinismo.

—Bien, descanse y mañana pase por el puesto de policía a las ocho. Cuanto antes empecemos, antes podrá irse. De todas formas, tendrá que estar localizable.

—Claro, no pienso moverme de casa, se lo aseguro.

Hernán sube después a su habitación, *La Carlos III*. De nombre mucho menos romántico que el del resto de los cuartos, es la más amplia, y además está aislada. Consta de dos dormitorios que Ramón esta vez ha acondicionado transformando en sofá la cama de uno de ellos y colocando una mesa donde el inspector pueda trabajar. Frente a ella, escrito sobre la pared en preciosas letras góticas, se lee la siguiente leyenda: *"nuestro católico monarca, de eterna memoria D. Carlos III, el año de 1769, los redimió con suma liberalidad y magnificencia..."* Hernán piensa que tendrá que empaparse un poco más de la historia de esta extraña isla si es que va a tener que pasar aquí una temporada más larga de la que imaginó en principio. *Bueno, quizá fue un accidente, la chica resbaló y cayó al agua; o le dio un mareo y se ahogó*, intenta convencerse el inspector, que en el fondo sabe que lo único que hace es engañarse. Comienza a tomar algunas notas que quizá le sirvan más adelante, aunque hay poco que anotar de momento. Agotado, se da una ducha y se mete en la cama. Ni siquiera ha tenido tiempo de cenar, o quizá lo que no ha tenido son ganas. Se duerme al momento, con el ceño fruncido. En los últimos instantes de consciencia, teme que Blanca y Clara vuelvan a sus sueños.

CAPÍTULO 7

Una copa de vino junto a una botella casi vacía acompañan a Mónica, quien sentada en el suelo del salón, pasa las páginas de un álbum. Pensó que lo había dejado, junto a tantos otros recuerdos, en su casa de Barcelona. Supuso que alguien lo habría tirado con el resto, pero rebuscando sin saber muy bien qué, lo ha encontrado. Allí reside parte de su vida, una muy importante. Víctor y ella sonriendo a la cámara, con un fondo de mar y barcos. En su Bacelona querida, en la ciudad que la vio crecer, enamorarse y derrumbarse. No ha vuelto nunca más, ni tiene intención de hacerlo. En otra página, Víctor y ella toman un cóctel adornado con sombrilla. Recuerda aquellas vacaciones como las mejores de su vida. Estuvieron en Tailandia, caminando por selvas y ciudades atestadas de gente y olores extraños. Después, bajaron a las playas más hermosas que Mónica viese jamás. Allí concibieron al pequeño Pau. Mónica pensó que nunca sería tan feliz como entonces, y tenía razón. Su niño había sido un regalo, una forma más de amar a Víctor. Pero más tarde la macabra sorpresa arrasó su corazón, su alma y su mente. Las niñas muertas se sobreimprimen a las instantáneas tomadas en el otro extremo del mundo. Toma la copa y de un trago vacía el contenido. Las lágrimas arrasan sus ojos e inundan su alma de una sustancia espesa que poco a poco va creciendo, haciéndose más densa hasta que finalmente Mónica está convencida de que conseguirá asfixiarla. La conoce, es una vieja compañera pero sin la ayuda de los fármacos, jamás ha sabido cómo lidiar con ella. La garganta se le va cerrando, toma la botella y bebe directamente de ella. Inspira hondo, parece que el vino ha abierto un boquete en el tejido viscoso que la oprime, aunque sabe qué será momentáneo. Recuerda el olor a sangre coagulada, a orín viejo y a heces que embadurnaban de marrón las bragas de aquellas niñas. Siempre junto a

79

sus cuerpos, como una maldita tarjeta de visita. Las sensaciones olorosas son el preludio de la locura, Mónica lo sabe. Al menos, así ocurrió la última vez. Veía a las crías en sueños, pero cuando comenzó a recordar el olor de sus cuerpos maltrechos, no pudo más. Es extraño cómo los aromas nos trasladan a otros lugares y a otro tiempo en un instante y de forma tan intensa. Ojalá pudiera terminar con todo de una vez, sería lo más sensato. Dejar de sufrir para siempre. Pero, lo había conseguido, o casi, o quizá, simplemente, lleva dos años engañándose. Vuelve a beber hasta dejar vacía la botella y tira el álbum contra la pared. No va a poder levantarse, ni siquiera para vomitar. La luna inmensa se cuela hasta tocar sus piernas y Mónica observa la luz plateada con extraño placer. Siente el frío del astro en su piel y, de repente, vomita sobre su regazo. Después, se queda dormida sobre el suelo del salón.

La mañana se presenta movida, eso le cuenta Raúl a su mujer mientras termina de ducharse. Está tan nervioso que se corta un par de veces al afeitarse. Los niños aún están en la cama, y Raquel prepara el desayuno para los dos. Intenta calmarlo, aun a sabiendas de que será imposible. Los nervios de Raúl son, por lo general, inabordables, así que empuña la taza de café y espera a que salgan las tostadas. Un buen zumo y una tila serán el desayuno de su marido. Es un tipo excepcional en muchos sentidos, así lo cree Raquel, por eso se casó con él: un buen padre, un compañero, un gran amante, por qué no admitirlo, pero un desastre para las situaciones un tanto complicadas. Siempre se ha preguntado por qué se hizo policía, aunque claro, trabajar en Tabarca tampoco puede considerarse un empleo de alto estrés. En fin, no es que no confíe en su marido, pero toda esta historia de la pobre Clara le parece excesivamente grande para Raúl. Espera que el inspector sea benévolo con él y, aún así, se teme que este verano tendrá que ir recogiendo los trocitos de su marido cada noche cuando vuelva a casa. Raúl baja arreglado y con dos buenos cortes en la cara que Raquel mira de soslayo sin decir nada. Comen, ella en silencio, y él sin parar de hablar. Raquel asiente con la cabeza a sus elucubraciones sin hacerle mucho caso. Piensa en Clara y, por supuesto, en sus hijos. ¿Y si hay un maníaco en la isla? Está atemorizada y les ha dicho a los niños que hoy se queden en casa, lo que ha dado lugar a un ataque de ira por parte de Lydia y a un enfurruñanimento permanente de Pablo. Tendrá que hablar con las otras mamás, a ver qué piensan hacer. Quizá sería bueno turnarse para que siempre haya un adulto con ellos. Tampoco esta solución será del agrado de los chavales, pero no está dispuesta a que le arrebaten a ninguno de los dos. Irá a visitar a María y a darle el pésame, aunque cada vez que lo piensa se le hace un nudo enorme en el estómago. Piensa en esa pobre madre, en cómo debe de estar, ni siquiera es capaz de imaginarlo. Enfrascada en sus pensamientos, despide a Raúl deseándole buena suerte y, con un suspiro, comienza a recoger el lavavajillas.

En el puesto de policía, Hernán espera con cierta impaciencia. Lleva allí un rato y aún no ha aparecido nadie. Bien es verdad que se ha despertado a las seis de la mañana, lo que le ha permitido dar un buen paseo y disfrutar de un pantagruélico desayuno. A las siete y media ya estaba ante el ordenador. Raúl entra al cabo de diez minutos con el nerviosismo pintado en la cara. Hernán organiza la mañana: Mónica se quedará con él haciendo los interrogatorios, mientras el inspector recibirá a los técnicos de Alicante.

—Por cierto, ¿Mónica dónde anda?

—No lo sé, señor. Si quiere la llamo.

—Por favor. Tengo que estar en el puerto lo antes posible —dice el inspector irritado—. ¿A qué hora empezáis los interrogatorios?

—A las nueve, inspector.

—Un poco tarde —contesta un tanto enojado Hernán.

—Lo siento, señor, me pareció que...

—Está bien, Raúl, no importa. Además, con la extrema puntualidad de la subinspectora, quizá tengas que retrasarlo.

—Voy a llamarla.

Tras unos intentos fallidos, Raúl carraspeando, dice:

—Será mejor que me acerque a su casa.

—¿Me estás diciendo que se ha quedado dormida? ¡No me jodas!

—No, pero quizá no se encuentre bien o...

—Pero bueno, ¿esto qué es? Estamos ante un caso de asesinato. La policía, se encuentre bien o mal, tiene que trabajar.

—Sí, señor —contesta Raúl, tan nervioso que le caen por la frente goterones de sudor.

—Anda, ve a ver qué le ocurre a la señorita —dice el inspector con retintín.

Raúl sale agradecido de allí y maldiciendo a Mónica. ¡Joder, que no tienen todos los días un asesinato en la isla! Cuando llega a su casa, llama con cautela a la compañera.

—¿Mónica? ¿estás ahí?

No hay respuesta y Raúl se asusta. A ver si es verdad lo que dice Raquel y tienen a un psicópata viviendo entre ellos.

—¡Mónica, vamos, que no estoy para bromas!

Nada. Sigue avanzando hasta el salón donde encuentra a su compañera bañada en vómito, apestando a vino y, en el mejor de los casos, dormida, aunque parece inconsciente.

—¡Mónica, soy yo! —dice zarandeándola. La policía abre los ojos, para volver a cerrarlos al instante.

—Venga, vamos, tenemos que trabajar —. Y, con mucho esfuerzo, lleva a Mónica hasta la ducha, donde abre el grifo del agua sin importarle que la subinspectora esté vestida. Poco a poco, Mónica va despejándose. Cuando considera que ya no es un peligro para sí misma, deja que se de una ducha caliente y desnuda, mientras le prepara el desayuno. Al rato, sale Mónica con una toalla alrededor del cuerpo y los ojos todavía hinchados.

—Se me va la cabeza, Raúl. No puedo ir.

—Claro que puedes. Ahora mismo te tomas un café bien fuerte y una aspirina. No me vas a dejar solo con el inspector y con los interrogatorios.

—Pero, Raúl...

—No hay peros que valgan, Mónica. Esto es un marrón y no me lo voy a comer yo solo. Vamos, vístete que el inspector está que muerde.

Mónica toma el café y una tostada que le revuelve aún más el estómago. Aunque intenta protestar, Raúl no se lo permite. Cuando ha terminado, salen los dos hacia el puesto. A Mónica el sol le taladra el cerebro y la cháchara de Raúl la está volviendo loca. Pero, en algún lugar recóndito, se encuentra una sonrisa, una sensación de estar en buenas manos. Al menos ha pasado la negrura de la noche que a punto estuvo de engullirla.

—Bueno, qué bien, ¿salió usted de juerga ayer? —pregunta Hernán con sorna.

—Lo siento, señor, me dormí —contesta Mónica con la voz aún pastosa.

—Muy profesional por parte de una subinspectora en medio de un caso de asesinato.

—No soy subinspectora.

—Yo me lo creo, pero no es a mí a quien tiene que contárselo. El jefe asegura que lo es, él sabrá.

—Está bien —dice Mónica enfadada —¿qué vamos a hacer esta mañana?

—Pues trabajar, claro —responde Hernán—. ¿Le suena eso de algo?

—Los interrogatorios —apunta Raúl, intentando que la sangre no llegue al río. Le da una carpeta a Mónica que, furiosa, la coge.

—Yo iré a buscar a los técnicos —dice Hernán levantándose.

Cuando ya ha desaparecido de su vista, Mónica estalla.

—¡Este es un hijo de puta! ¡Un pedazo de cabrón malnacido! Viene aquí con sus aires de inspector, pero ¿qué se ha creído el imbécil éste?

—Calma, Mónica. Es un poco... un poco...

—Un poco mamonazo —añade Mónica.

—Pero tiene razón.

—¿Qué? ¿Cómo que tiene razón? ¿Tu de qué lado estás?

—Mónica, joder, aquí no hay lados. A Clara se la han cargado, tenía dieciséis años.

Se impone el silencio y Mónica mira hacia abajo, avergonzada.

—Lo siento, Raúl. He pasado una noche terrible. No sé si podré con... —y comienza a llorar. Raúl se acerca a ella y, como tantas otras veces, la abraza sin decir nada. Al rato el llanto se calma.

—Mónica, tu naciste para esto. Patrullar por una isla casi desierta no es para ti. Entiendo que necesites calma, que estos dos años hayan sido una cura, pero algún día tenía que llegar. Si no hubiese sido así, habría ocurrido de otra forma, pero siempre he estado seguro de que no te quedarías aquí para siempre.

—No es verdad, Raúl. Aquí soy muy feliz.

—Vale, no lo discuto, pero en cuanto las heridas cicatricen del todo, volverás a ser la Mónica que fuiste, y esa Mónica necesita acción, no dar paseos de abuelita sin que nunca pase nada más interesante que el que una vieja se desmaye o a un crío le de un golpe de calor. Lo sé yo y lo sabes tú.

Mónica no responde, ¿para qué? Seguramente Raúl está en lo cierto.

El primer interrogado es Alberto, el ligue veraniego de Clara. Está conmocionado, le tiemblan las manos y no deja de mover las piernas cuando se sienta. Raúl mira a Mónica con ojos de cordero degollado. Si ella es la subinspectora, tendrá que tomar las riendas del interrogatorio, no va a ser él, un simple policía que jamás ha interrogado a nadie, quien comience la fiesta. Mónica inspira antes de comenzar. Raúl suspira aliviado.

—Alberto Lastres, ¿verdad?

—Sí, soy yo —contesta el chaval con voz insegura.

—Sabes que se ha encontrado el cuerpo de Clara.

—Sí, yo... —y comienza a llorar. No va a ser fácil.

—Tranquilo. Comprendo cómo te sientes, tómate tu tiempo —dice Mónica—. Sé que es duro pero ahora toca ser fuerte y ayudar a descubrir qué ha sucedido.

—Se la han cargado —dice Alberto entre lágrimas.

—¿Cómo lo sabes? —pregunta la subinspectora.

—Yo...no es que sepa nada pero...todos dicen que alguien...

—Está bien, pero no hay que adelantar acontecimientos. Primero hay que dejar trabajar a los expertos. Pudo haber sido un accidente.

—Sí, tiene razón. Es que todos están...estamos asustados. Sobre todo las chicas.

—Es normal pero no hay que suponer cosas que no se saben.

—Sí, yo...lo siento.

—No hay por qué disculparse. Esto es muy duro —dice Mónica mirándole a los ojos. El pobre chaval está hecho un manojo de nervios, pero no es de extrañar. Acaban de matar a su chica del verano, quizá su primer amor, es muy joven.—Vuelve a contarnos qué sucedió aquel día.

Y Alberto, punto por punto, repite la misma historia que la última vez. Intenta pensar en algún detalle, alguien con quien se encontrasen, pero no hay forma. Estuvieron prácticamente solos hasta bien entrada la mañana. Cuando volvieron al pueblo, ya había llegado el primer barco y la isla se había llenado de turistas. Los restaurantes seguían el ritual acostumbrado y entre los recién llegados, nadie les llamó la atención en particular.

—Me gustaría recordar alguna cosa...algo que pudiera ayudar, pero es todo lo que vi aquel día.

—Está bien, Alberto, todo puede ayudar, incluso aunque parezca que no. Tengo que preguntarte por tu relación con Clara.

—Ya se lo dije al otro...al policía ese nuevo.

—Al inspector —puntualiza Raúl.

—Ya le conté que acabábamos de conocernos. A mí me gustó desde el principio pero, la verdad, nunca creí que me fuese a hacer caso.

—¿Por qué? —pregunta Mónica.

—¿Usted la conocía? Era...era perfecta —y la voz comienza de nuevo a temblar—parecía tan segura, tan mayor...

—Pero tenía los mismos años que tú, ¿no?

—Sí, pero yo... nunca habría estado a su altura. Ella sabía más de...de todo. Era divertida, era lista —y Alberto comienza a replegarse sobre sí mismo, ensimismándose en una realidad pasada.

—Siento tener que preguntarte esto pero es necesario. Después puede haber complicaciones. ¿Tuvisteis relaciones sexuales antes de la desaparición?

—No, ya le digo que no —dice sonriendo—. Ni antes ni nunca. Seguro que ella había estado ya con algún chico, no es que lo sepa seguro pero...conmigo, no, no llegamos a tanto. Creo que ni se me habría ocurrido proponérselo —dice avergonzado.

—Alberto, tienes dieciséis años, eso es lo normal.

—Si usted lo dice —añade irónico.

—¿Qué solíais hacer?

—Pues no mucho. Normalmente estábamos con la panda. A veces nos retrasábamos o nos perdíamos. Solíamos comprar un helado y nos íbamos a San Miguel o a La Mina. Mirábamos el mar, nos... nos besábamos y...

—Parece una relación muy inocente. ¿De dónde sacas que Clara tenía más experiencia que tú?

—Eso se nota, ¿no?

A Mónica no le queda más remedio que asentir.

—Era su forma de hacer las cosas en general: parecía una persona adulta, pero no sabría como explicarlo mejor, lo siento.

—¿Alguna vez te habló de su padre?

—¿Su padre? No, nunca dijo nada. Creo que sus padres están separados pero no hablamos del tema. Se quejaba de que su madre era una pesada, que no la dejaba respirar... lo normal. Yo también me quejo de la mía. Me extrañó que también se quejase de su tía.

—¿De su tía? —pregunta Mónica.

—Sí, como protestaba de su madre, y me había contado que después volvía a Sevilla y llegaban sus tíos, le dije que, por lo menos entonces podría hacer lo que le diese la gana. Se puso furiosa, me dijo que era un niñato, que no me enteraba de nada y que por qué hacía suposiciones sobre algo que no conocía. Me dejó plantado. Creí que habíamos terminado pero al día siguiente todo fue normal, como si esa conversación no hubiera existido. Por eso también me gustaba.

—¿Cómo? —pregunta Mónica.

—Sí, porque estaba un poco loca. Quiero decir, en el buen sentido, que funcionaba a golpes... no sé cómo explicarlo.

—Bien, Alberto, si no tienes nada más que contar, lo dejamos de momento, aunque puede que tengamos que llamarte cualquier día. Y lo siento mucho, de veras.

—Gracias.

Va llegando personal de los restaurantes, más amigos y algunas vecinas, hasta que Mónica decide hacer un descanso.

—Necesitamos un café, compañero. Y yo otra aspirina porque me va a estallar la cabeza.

Raúl no hace comentario alguno, porque conoce el tema y sabe que cuando Mónica quiera hablar de ello, lo hará sin dobleces. Puede que lo llame desde casa y le pida directamente ayuda. Irá, como ha hecho tantas veces, y la consolará. Al principio, Raquel anduvo celosa. Hay que reconocer que Mónica es una mujer preciosa: ojos verdes, piel aceitunada, pelo negro que suele llevar en una melena corta y un cuerpo que corta la respiración. No va a negar que se sintió atraído, es imposible obviar los encantos de Mónica, pero jamás dejaría a Raquel por ella. Supone que por ninguna otra, pero desde luego no por la que ahora se ha convertido en su jefa. Es una gran amiga, pero una mujer demasiado complicada para un hombre que, ante todo, ansía tranquilidad. *Un café, vaya si lo necesito*, piensa Raúl mientras sale por la puerta.

El inspector Villanueva lleva media mañana sentado en el embarcadero, esperando, sin éxito, que llegue la lancha con los técnicos. Su malhumor está alcanzando unas dimensiones incontrolables, así que ya pueden prepararse los que tienen que llegar. Durante todo el tiempo de espera, ha presenciado la llegada de tres barcos procedentes de la cercana Santa Pola, y uno de Alicante. Los rostros de los turistas se repiten en todos, y Hernán piensa que va a ser difícil descubrir a un asesino, si es que a Clara la mataron. Los chavales, y algunos no tan jóvenes, que contratan los restaurantes para hacer publicidad de sus locales, aparecen minutos antes de la llegada de cada barco. Cargados con *flyers*, prácticamente obligan a los visitantes a cogerlos. Éstos les echan un ojo y los guardan en los bolsillos. Por fin, a lo lejos, divisa la lancha que espera. Azul y blanca, con el escudo de España en un costado, y "Policía Nacional" estampado en el frente, avanza veloz hacia el embarcadero. Hernán se pone en pie y se obliga a respirar unas cuantas veces para aliviar la tensión. En caso contrario, puede que el recibimiento sea recordado en la isla. Tras hacer las operaciones de amarre correspondientes, bajan dos personas.

—Buenos días, inspector. Perdone la tardanza. Soy el forense. Armando Recio, encantado —dice, tendiéndole la mano al inspector que la toma, aunque con ganas de retorcérsela.

—Ella es mi ayudante, Silvia Millán. No ha podido venir nadie más. El juez está ocupado, así que han decidido que hagamos aquí la autopsia. Vendrá en cuanto pueda para proceder al traslado del cuerpo e intentar arreglar este desaguisado.

—¿Le parece un desaguisado? —contesta de mala gana el inspector.

—Bastante. Teniendo en cuenta que no se ha podido mantener el cadáver donde fue encontrado hasta que el juez viniese y ordenase el levantamiento del cadáver, y que la contaminación...

—Vamos a dejarlo, señor Recio —dice Hernán cortando la perorata del forense. —Soy el inspector Villanueva y tengo que informarle de que la falta de personal nos ha obligado a convertir esto en un "desaguisado". Si nos hubieran enviado personal un poco antes, quizá hubiéramos sido capaces de cumplir con nuestro deber, ¿no le parece? Aunque quizá sea de la opinión de que habría sido mejor dejar el cuerpo de la muchacha en aquel hueco de la gruta, rezando para que la corriente no se la llevase mar adentro. O incluso, dejarla a la intemperie un día y medio, que es lo que han tardado ustedes en llegar, a una temperatura de cuarenta grados. Bueno, y teniendo en cuenta que es el juez quien ordena el levantamiento del cadáver, quizá para cuando hubiese llegado, tendríamos un esqueleto.

—Lo siento, señor Villanueva. Le digo lo que opino, aunque entiendo las circunstancias. De todas formas, no estamos aquí para hablar de imposibles, sino para trabajar —contesta el hombre con una calma pasmosa, que al inspector hace que le hierva la sangre y tenga que tragarse sus palabras.

—Por supuesto, señor Recio —dice Hernán, intentado que no se note su furia. A la entrada del pueblo, les espera Raúl con un motocarro, único medio de transporte en la isla.

—Raúl Bru, el doctor Recio y la doctora Millán —hace el inspector las pertinentes presentaciones.

—Encantado —contesta Raúl, con su habitual sonrisa, mientras se saludan con un apretón de manos.

—¿Queda mucha gente por interrogar? —pregunta Hernán al policía.

—No, señor. Un par de chavales y el Sr. Mitch, pero no está en la isla.

—¿Y eso?

—No sabemos. Se fue antes de la tormenta y no ha vuelto.

—¿Se le puede localizar?

—Lo intentaremos.

—Está bien, Raúl. En cuanto acabemos allá arriba, bajo al puesto.

—Bien, inspector.

En silencio, los ocupantes del motocarro recorren apretados el camino hasta el cementerio. El forense y la ayudante observan con atención el paisaje. El sol está muy alto y la temperatura es cada vez más sofocante. Hernán, mientras conduce, no para de sudar y maldice el día en que lo mandaron a pudrirse a Tabarca. A esas horas del día, es incapaz de recordar la frescura y la calma nocturnas. Además, la impertinencia del forense le ha revuelto el estómago.

Abren la puerta del cementerio destinada a los velatorios y donde, al fondo, otra puerta guarda el cuerpo de Clara. Entran los tres y, en un momento, forense y ayudante organizan el lugar para comenzar la autopsia. De las bolsas negras con las que han cargado todo el camino, extraen una balanza, un microscopio y una sierra que a Hernán le pone los pelos de punta

—Perdone, inspector, ¿podríamos hacernos con una mesa y algo más de luz? No podíamos traer todo el equipo, demasiado pesado —dice Silvia.

—Pues no lo sé. Voy a echar un vistazo.

El forense suspira y encoge los hombros. Hernán sale de allí con las mejillas enrojecidas por la vergüenza y la rabia. *¿Dónde coño voy a encontrar yo...? Esto es que es de pena. En toda mi vida había pasado tanta vergüenza.* Rebusca en la sala del velatorio y encuentra una puerta que pone Oficina. Sorprendentemente, está abierta y prácticamente vacía. Al menos queda una mesa que supone podrán utilizar los forenses. Entre Silvia y él la llevan a la sala de las neveras, y la ayudante vuelve a la oficina a buscar unos focos. En un momento tienen el lugar preparado para comenzar la autopsia. El forense abre la nevera y el cuerpo de Clara vuelve a la luz. La ayudante va preparando las bandejas y demás utensilios que utilizará su jefe. Mientras, el forense saca de la bolsa una pequeña grabadora. Entre los dos trasladan el cuerpo de la muchacha a la improvisada camilla.

—¿Va a quedarse a la autopsia? —le pregunta el doctor.

—Si no les estorbo, me gustaría —dice Hernán.

—Como quiera— y pone en marcha la grabadora.

—7 de Julio, 12:30, cementerio de la isla de Tabarca. Realizamos la autopsia el doctor Recio, la doctora Millán y presencia dicha autopsia el inspector Villanueva.

Después deja el aparato sobre un saliente de la nevera y comienza la tarea.

—Cadáver de mujer. Edad indeterminada. Estatura: 1'65. Peso aproximado: 50 kilos. Color y sensación general indican que la fecha aproximada del deceso es de entre dos a cinco semanas—. Se acerca más al cadáver y lo observa concentrado. —Va vestida con pantalón corto vaquero y camiseta roja de tirantes. No lleva zapatos. Proceda —le dice a su ayudante, que comienza a retirar los pantalones del cuerpo de la chica para meterlos en una bolsa que inmediatamente cierra y etiqueta. Continúa con la camiseta. —Biquini negro... —espera a que la doctora retire las prendas y se aproxima aún más a Clara —...adherido pelo que parece púbico y de color negro—. La doctora Millán toma las muestras y las mete en otra bolsa que de nuevo etiqueta. El proceso es minucioso y lento, nada puede quedar al azar. El forense continúa con su estudio —En la superficie de piel expuesta se aprecian abrasiones, lesiones producidas por animales. En la muñeca izquierda - —dice tomando con sus manos enguantadas el brazo de Clara —se observa mordedura posiblemente de un pez de tamaño mediano. A primera vista, se aprecian soluciones de continuidad de la pared abdominal que son compatibles con lesiones por expansión de gases intraabdominales, con bordes irregulares retraídos—. El estómago de Hernán comienza a protestar y tiene que hacer verdaderos esfuerzos por disimular las náuseas. El forense lo observa de reojo. —¿Se encuentra bien, inspector? —pregunta. —Sí, doctor, no se preocupe, continúe —contesta Hernán a duras penas. Ha visto varias autopsias pero es incapaz de acostumbrarse a los despojos que, en muchas ocasiones, deja la muerte. Y el olor es lo peor: esa tela densa que se pega a la piel y se cuela por las fosas nasalas, el aroma de la putefracción, de la muerte. Uno no puede evitar pensar que lo que yace en la camilla hace no tanto era una piel fresca, un cuerpo lleno de vida que, de repente, se convierte en una bolsa de mierda. —No es posible apreciar lesiones por causas no naturales debido al nivel de deterioro general — sigue el forense dictando a su grabadora. —Doctora, le damos la vuelta —y, entre los dos colocan a Clara boca abajo. — En la zona lumbar y menos deteriorada por la acción de los agentes naturales, se observa un tatuaje de unos cinco centímetros de longitud, con dibujos negros e ilegibles. No se observan signos de violencia de ningún tipo—. Vuelven a colocarla en la posición inicial después de que la doctora haya tomado las fotos pertinentes de la espalda y, en especial, del tatuaje. —Se procede a la extracción del contenido abdominal para estudio en toxicología. Se toman también muestras por cepillado de uñas...—dice mientras Hernán observa como las uñas de la chica apenas si existen. El mar se las ha comido — Bisturí, por favor—pide el doctor a Silvia—... y se procede mediante incisión sagital del cuello a la búsqueda de signos de agresión. Pese al estado de deterioro de los tejidos, se encuentra fractura del cartílago tiroides, que podría sugerir un estrangulamiento manual.

Una vez acabada la carnicería, que es lo que a Hernán siempre le han parecido las autopsias, Silvia deja todo ordenado como si nunca hubieran estado allí.

—¿Cuándo estarán los resultados? —pregunta Hernán.

—No lo sé. Es verano y todo va lentísimo...

—Ya, de eso estoy informado —contesta el inspector con acritud.

—Mire, señor Villanueva, esto no es culpa mía. Ni suya tampoco. Hay demasiados recortes y la gente que está trabajando, hace lo que puede. Más de lo que puede. Yo ahora tendría que estar tostándome en una playa del Caribe y, ¿sabe qué? He tenido que cancelar mi viaje para venir aquí. No podría haber disfrutado sabiendo que una madre espera que alguien encuentre al asesino de su hija. Así que, de verdad, vamos a intentar llevar las cosas con tranquilidad.

—Lo siento, doctor —dice el inspector, avergonzado—. Tiene toda la razón pero es que uno se da de cabezazos cuando cosas como estas ocurren. Llevo en la isla casi tres semanas, en un sitio donde si te da un infarto seguro que te mueres, donde no tienes los servicios más elementales para un tipo de ciudad, y cuando la cosa se pone fea, los de ahí arriba parecen lavarse las manos.

—Lo sé, es verdad pero cuando uno trabaja con personas...los valores cambian, ¿verdad? En fin, ¿algún sitio bueno para comer por aquí?

—¿Tiene hambre? —pregunta Hernán, que ha estado a punto de vomitar un par de veces.

—Claro, después de trabajar, siempre tengo hambre —contesta el doctor con una gran sonrisa.

Los lleva a *El Mar*, para que prueben el excelente caldero, y la delicada Silvia demuestra tener un estómago más grande que el de los dos hombres juntos. Es bonita a su manera: muy delgada, pequeña, con la piel muy blanca. Da sensación de ser etérea, tanto por su aspecto como por sus movimientos, pero a la hora de comer, no le gustaría a Hernán tener que competir con ella. Tras la comida, con su voz de niña pequeña, le pide al camarero un aguardiente y le pregunta si se puede fumar. Por supuesto que se puede: Tabarca y sus normas. Hernán le ofrece un cigarrillo que ella rechaza, para sacar una pipa que llena de tabaco con la maña de un viejo marinero. El doctor Recio sonríe ante la mirada atónita del inspector.

—Nuestra Silvia, una joya —dice, contemplándola —. La mejor de su promoción. En un par de años estará dirigiendo un servicio. De hecho, ahora mismo podríamos intercambiar papeles y seguro que lo haría mejor que yo.

—Como exagera, doctor —dice ella, sonrojada. A Hernán le fascina como esa ninfa, que se ruboriza ante los halagos de su jefe, puede fumar en pipa, engullir comida como si fuera la última cena, y descuartizar cadáveres. *La vida es compleja*, piensa el inspector.

—No, querida, no exagero. Si le dan la beca para Nueva York, que se la darán, ya me contará.

—Bueno, bueno, eso habrá que verlo —contesta Silvia mientras expulsa una bocanada de humo.

—¡Cuánto la echaré de menos! —dice el doctor—. Aunque espero poder jubilarme pronto, la verdad. Y a usted, inspector, y a pesar de todos los inconvenientes... —dice el doctor Recio con esa fina ironía que, a su pesar, Hernán tiene que reconocer no le disgusta, y mucho menos si va acompañada de una franca sonrisa—¿le gusta la isla?

—Bueno, no sabría qué decirle. A pesar de los inconvenientes... —comienza el inspector devolviendo la sonrisa al doctor y, definitivamente, haciendo las paces— es un sitio curioso, no se puede negar. Por un lado, diría que echo de menos el bullicio, pero las noches...¡qué noches! Son una verdadera delicia: sin tráfico, sin ruidos... nunca había dormido tan bien.

—Veo que pide el traslado —apunta Silvia.

—No, eso no. Volveré de vacaciones, eso sin duda. Pero no podría quedarme aquí. Demasiado claustrofóbico.

—Pues a mí, fíjese, que no me importaría vivir en un sitio como éste —dice el doctor—. A mi mujer le encantaban este tipo de lugares. La pobre, siempre de ciudad en ciudad, cuando terminaba sus giras me arrastraba a cualquier lugar lejos de la civilización.

—¿Es usted viudo? —pregunta el inspector. No le parece que el doctor tenga más de cincuenta y cinco o sesenta años.

—Desgraciadamente. Mi mujer murió en un accidente de avión. Era soprano, y de las mejores. Mire, aquí tengo una foto suya. La última que le hice —dice sacando la cartera.

Hernán, algo incómodo, toma la fotografía. Una mujer hermosísima, de unos cuarenta años, le sonríe desde el papel, ya cuarteado por el paso del tiempo. El inspector se sorprende aún más: el doctor es un tipo bajito, algo rechoncho, completamente calvo y con cierto aire

96

afeminado. No puede imaginarse cómo una mujer de esa talla pudo haberse enamorado de él.

—Era guapa, ¿verdad? —dice tomando de nuevo la foto y observándola con cariño.

—Preciosa, la verdad —contesta el inspector.

—La sigo echando de menos. Fue todo tan repentino y estábamos tan bien juntos... pero la vida es muy jodida, inspector, pero mucho. Bueno, no le voy a aburrir con mis penas.

—No, no se preocupe.

—Y usted, ¿está casado?

—No, no lo estoy.

—Pues no sabe lo que se pierde.

En ese momento, el camarero aparece para preguntar si quieren tomar café. Los tres asienten y Hernán enciende otro cigarrillo. Silvia sigue con su pipa en la mano. Mira el mar, un tanto ajena a la conversación.

—¿Cómo va la investigación? —pregunta el doctor.

—No muy bien. Con los medios que tenemos, va a ser complicado. Además, el hecho de que el cadáver haya aparecido después de tantos días...

—Sí, eso será un problema. El agua no casa con la obtención de pruebas.

—Además, a la isla llega mucha de gente de paso. Están un día y se marchan. Y sin contar con los barcos privados que se acercan a la costa. No sé, lo veo mal.

—Ese tatuaje es muy particular.

—¿Usted cree? La madre dijo que era algo maorí, algo de moda.

—Habrá que estudiarlo. Podría formar parte de algún dibujo, de...

—Constelaciones —añade Silvia, quien parecía estar ausente de la conversación.

—¿Constelaciones? —pregunta el inspector.

—Sí, la Osa Mayor, Menor... esas cosas.

—¿Cómo lo sabe?

—Me gusta contemplar las estrellas.

—¿Y podría usted...?

—Claro, ya tomé fotografías del tatuaje. En cuanto lo estudie, le envío mi opinión. Aunque le advierto, no soy una experta. Serán los técnicos del laboratorio los que puedan darle más detalles.

—Gracias, de todas formas. Cualquier ayuda es buena.

—Bueno, tenemos que volver. Le mantendremos al corriente de los resultados. Y gracias, inspector, la comida ha sido deliciosa.

—Cierto —añade Silvia con la mano extendida. Hernán se despide de ella y del doctor. De camino al puesto, buscando las pocas sombras que hay, se arrepiente de haber sido tan brusco en aquel primer encuentro de la mañana. Bueno, supone que la comida ha compensado sus errores. Al abrir la puerta del puesto, Mónica y Hernán escuchan al inspector tararear una canción. Arquean las cejas y se miran asombrados. *Al menos está de buen humo*r, piensan a la vez.

CAPÍTULO 8

Es como si una serpiente hubiera puesto huevos en sus entrañas y ahora, al cabo de tres semanas, las pequeñas criaturas fuesen devorando todo lo que encuentran a su paso. Imagina sus cuerpos aún viscosos, sus pequeños ojos casi ciegos avanzando con torpeza sinuosa por sus intestinos, rodeando su corazón, penetrando por cada uno de sus órganos vitales. Ahora sabe María que el dolor es repugnante. A veces, sale corriendo al baño y vomita lo poco que la pena le permite comer. Se sorprende cuando en el espejo ve la imagen de una mujer que ni siquiera se parece a ella. Han pasado algo más de 24 horas desde que encontraron el cuerpo sin vida de su hija pero siente como si hubieran pasado por ella cuarenta años: el pelo más blanco, las bolsas oscuras bajo los ojos, la piel cetrina y ajada. Parece una muerta en vida. Ojalá tuviera el valor de terminar con este sufrimiento, pero no antes de encontrar al que vio por última vez a Clara, aquel que asistió a su último aliento; al canalla que la escondió bajo el agua. A su niña, a esa que había mimado hasta el exceso, a la que debía su propia vida, su razón de existir, sus sonrisas y sus lágrimas. ¿Qué iba a hacer ahora? No entendía que Clara ya nunca atravesase la puerta de su casa, que jamás volviese a abrazarla o a sentirse orgullosa de sus notas, a compartir con ella sus días buenos y los malos, los de los últimos tiempos que las llevaba a discutir y, después, a reconciliarse. ¿Como es posible que su hija no vuelva a acercarse a su cama, vestida con un pijama que le venía grande, a desearle buenas noches con un beso todavía infantil? Se resiste a creer que la vida, a partir de ahora, no tenga ya ningún sentido. Pero esa es la realidad y lo único que le queda es vengarse de quien le haya hecho esto. Hace un rato ha hablado con su hermana, está en camino. No tiene ganas de verla, nunca se han llevado excesivamente bien, pero todos han insistido en que necesita compañía para afrontar estos momentos. ¿Y para afrontar la vida entera? Elena le ha dicho que vienen todos, y nada más colgar ha tenido que tumbarse en la cama. Roberto, su cuñado, es un trozo de pan, pero tener allí a sus sobrinos no va a ayudar. Se le hace un nudo en el estómago pensar en tener bajo su techo a Luis y a Marta. El primero tiene los mismos años que Clara, no cree que pueda soportarlo. También la ha llamado Mónica, que le ha explicado que ya se ha hecho la autopsia de su niña, pero que aún no puede verla. Tiene que venir el juez o algo parecido. No le ha prestado demasiada atención, excepto cuando le ha dicho que la tienen en el edificio del cementerio. Allí están las neveras y Clara debe de estar en una de ellas. Esperará a la noche, cuando todos duerman. Nadie sabe que tiene las llaves pero las guarda en un cajón de su dormitorio. Cuando murió el pobre Adriano, Néstor, el encargado del camposanto, le dejó una copia para que se ocupara del velatorio. Él tenía que irse a la ciudad a cuidar de una tía enferma. Recuerda que entonces pensó que era tonta, que al final todo el mundo se aprovechaba de ella; que qué tenía ella que ver con todo aquel lío si ni siquiera vivía en la isla. Sin embargo, no le dijo nada a Néstor; al contrario, tomó las llaves y recibió a los familiares del finado lo mejor que pudo. Cuando terminó el sepelio, guardó las llaves en el cajón pensando en devolvérselas al guarda al día siguiente, pero nunca lo hizo.

Las vecinas hace rato que se han ido y lo agradece. Está harta de verlas revolotear a su alrededor; está cansada y lo único que quiere es tumbarse y dormir. Lo hará hasta que caiga la noche. Después, irá a ver a Clara.

No ha conseguido dormir ni un segundo. Le duelen todos los huesos del cuerpo cuando se incorpora en la cama y, a través de la ventana, ve la luna ocultarse tras una nube. Es pequeña pero en la isla iluminará lo suficiente como para no tropezar por el camino; no llevará linterna porque, aunque a esas horas seguramente todos duerman, no quiere arriesgarse. Se calza las zapatillas que descansan a los pies de la cama y, prácticamente de puntillas, sale a la calle. Atraviesa el pueblo con la respiración contenida, pero una vez que atraviesa la puerta de San Rafael y alcanza la playa, retoma el aliento. Le cuesta subir el pequeño montículo que lleva hasta *El Camp*, está agotada: primero de esperar a que Clara volviese, ahora de saber que nunca lo hará. Una vez alcanzada la planicie, María se acerca al suave acantilado y decide bordear el camino, arrastrando el paso junto al mar plateado por la luna. Su hija ha terminado su vida en esas aguas, y María maldice el día en que su hermana y ella decidieron quedarse con la casa de sus padres. Avanza dejando atrás La Torre de San José y la casa de labranza. Siente un escalofrío al observar aquel par de edificaciones, le parece escuchar ruidos pero está tan confusa que ya no sabe si es su mente cansada la que le juega malas pasadas. Se para, de todas formas, e intenta aguzar el oído, pero el silencio es abrumador, tan solo roto por el suave murmullo del mar. Ni siquiera se escucha la acostumbrada y persistente risa de las gaviotas que, en *El Camp*, viven a sus anchas. De hecho, durante la época de crianza, a veces las madres se vuelven agresivas con los paseantes. Cuidan a sus hijos como ella no ha sabido hacer con Clara. Ahora las aves están dormidas, como el resto de la isla. Con el vello de la nuca erizado, María aprieta el paso hasta llegar al cementerio. Saca las llaves y abre la puerta de hierro que chirría cuando la empuja. El corazón le da un brinco, pero enseguida se calma. Al fin y al cabo, aquí no hay nadie vivo que pueda oírla. Atraviesa las escasas tumbas y el grupo de nichos en la pared, hasta llegar al edificio principal. Otra llave, otra puerta que se abre y, frente a ella, la habitación de las neveras de donde sacaron al señor Aurelio una hora antes de que la familia americana llegase. De pronto, ya no puede controlar el ritmo de su corazón y ha de apoyarse un momento en la pared, intentando tranquilizarse. Tras esa puerta está Clara y ahora no sabe si quiere verla. El miedo le corta la respiración y no puede evitar rememorar escenas de aquellas estúpidas películas que a Clara tanto le gustaban. Según María eran verdaderos bodrios pero la realidad era que, por lo general, le impedían dormir por las noches, poblando su sueño, en caso de que lograse conciliarlo, de terribles pesadillas. Y ahora está en una de ellas. Puede oler la muerte bajo el resquicio de la última puerta, el frío de las cámaras que contienen el cuerpo de su hija. De repente, se siente ahogar, la vista se le nubla, cree ver a Clara levantándose de la fría camilla metálica, con los ojos reposando en las manos, sus cuencas vacías mirándola sin ver y una extraña sonrisa repleta de sangre. María se desliza hasta el suelo, intenta respirar y, poco a poco, lo consigue. Vuelve a la realidad en cuanto su cerebro logra recibir pequeñas dosis de oxígeno. Quizá debería haber esperado a verla pero, ¿qué clase de madre sería? No puede dejarla allí sin darle un beso, sin decirle que la quiere, *sin nada, María, sin nada; ya no puedes hacer nada por ell*a, le dice una voz cargada de razón. Sin embargo, con esfuerzo se levanta del suelo y, entre el manojo de llaves, busca la que abre la puerta de las neveras. Espera escuchar de nuevo un chirrido pero la puerta se abre sin dificultad. Frente a ella, las dos neveras. En una está su hija. Abre la que le queda más cómoda a su altura. La camilla se desliza mientras los latidos de su corazón retumban en la habitación. Nada. Quizá esté a tiempo. Puede irse, no mirar atrás, hacer lo que la policía le ha aconsejado. Pero abre la otra nevera con las manos temblando. Poco a poco el cabello de Clara hace su aparición, seguido de una sábana que cubre el cuerpo de la niña. María acerca con miedo los dedos al pelo de su hija y, con cierto esfuerzo, desenreda unos mechones que se han quedado enganchados en el metal. Poco a poco, retira la sábana del rostro de Clara y se muerde los labios hasta que la sangre comienza a brotar: esa no es Clara, es imposible. El rostro deformado por la hinchazón no conserva ni uno solo de los rasgos de su hija. Alguien o algo se ha comido parte de sus mejillas y no se atreve a tocarla por temor a que, si lo hace, la piel se separe de su cuerpo como si fuera la muda de un reptil. Quiere besarla pero no puede. De lo que queda de su boca emana un olor insoportable, y ahí dentro entreví lo que fue su lengua que ahora, roída y negra, parece burlarse de María. Y ¿dónde está su mirada, sus preciosos ojos negros que se te clavaban en el alma cuando los posaba en uno? Ahora solamente quedan dos esferas duras y blanquecinas,que parecen querer salirse de las cuencas. Unos trozos de párpado, lo que se ha salvado de la comilona, se apoyan sobre las órbitas sin ser capaces de cubrirlas por completo. *¡Esta no es mi niña, no es ella; Dios, no permitas esto, devuélveme a Clara!*, grita la mujer desesperada, con el rostro desencajado, las venas del cuello a punto de estallar. María araña las paredes hasta que sus dedos son amasijos de sangre y carne y es entonces, al sentir el dolor intenso de las heridas, cuando recobra un poco la serenidad. Cierra la nevera y, sin mirar atrás, deja el cementerio. No recuerda el camino de vuelta a casa, ni siquiera haberse metido en la cama. Al día siguiente, cuando Elena, Roberto y los niños llegan a la isla, María les dice, desde el dormitorio, que no piensa volver a levantarse.

CAPÍTULO 9

Mitch se despierta en una habitación de mala muerte, con una resaca espantosa y una sensación de culpabilidad que no puede sacarse de encima. En el móvil, infinitas llamadas de Fermín, su mejor amigo en la isla: un vejete de casi noventa años que, además de amigo, Mitch lo ha adoptado como padre. Es con el único con quien ha podido confesarse en estos últimos años. Fermín sabe cosas que otros no imaginan, o no imaginaban, porque a estas alturas está seguro de que la policía ha rescatado su nombre de los archivos policiales, aunque sean del Reino Unido. A Fermín le cuesta usar el móvil, Mitch lo sabe, así que la cosa debe estar poniéndose fea si se ha atrevido a coger *ese chisme del demonio*, como lo llama. En el teléfono hay otras llamadas: la de su ex para hablar de las vacaciones de los niños, un par de su gestor y una de un teléfono desconocido. Todos, excepto Fermín y el dueño de ese teléfono que no conoce, han dejado sus mensajes en el buzón de voz. Lo que tenga que decirle el buen hombre, lo sabe de sobra Mitch. Tiene que volver, no le queda más remedio. Se mete bajo la ducha haciendo caso omiso a los desconchones de la pared y a la sospechosa marca marrón que rodea la bañera. Después, mete sus cosas en la bolsa de viaje y atraviesa el lúgubre pasillo. Echa un vistazo hacia la ventanilla que hace las veces de recepción, aún más tenebrosa que el resto de la pensión.

Ya fuera, la luz hace que le estalle la cabeza, así que decide tomar un buen desayuno y un analgésico antes de montarse en el barco. Total, no tiene prisa. La mañana es bonita y, si todo hubiera sido normal, estaría desayunando en su propia terraza. Habría vuelto de correr hacía ya rato, y tras una reconfortante ducha, su café solo, las tostadas y un buen zumo. Se cuida bien, ha de reconocerlo, pero para eso gana lo que gana vendiendo y comprando dinero. Es una mierda de trabajo, lo detesta, pero le permite vivir como un rey. Y lejos del pasado, sobre todo eso. Pero ahora, la muerte de esa niña, va a levantar toda la mierda que tiene bajo el culo. No ha tocado a esa cría, se lo dirá a quién quiera escucharlo. Pero tampoco tocó a aquella otra y, en cambio, no pudo evitar el despido del instituto, el juicio y las miradas de asco que amigos y enemigos le dirigían. Al menos, sus hijos no tuvieron que pasar por el calvario de tener un padre sospechoso de pederastia. Hacía más de un año que vivían con su madre en otra ciudad. En el juicio se demostró que Mitch no había cometido delito alguno, que aquella chica había inventado un montón de mentiras. Mitch había sido un profesor querido, admirado y, sí es cierto, deseado por muchas de sus alumnas. No es especialmente guapo: algo pelirrojo, no excesivamente alto, pero con una sonrisa y una forma de conectar con los jóvenes que pocos compañeros poseían. De hecho, muchos de ellos le tenían cierta inquina debida a la envidia. Para Mitch, sin embargo, sus alumnas eran algo sagrado. Había estado casado durante seis años y tenía dos hijos increíbles. En aquellos momentos, había comenzado una relación con una pintora más joven que él, *pero mayor de edad, por supuesto*. Podría decirse que era feliz. Pero llegó Charlotte y todo se vino abajo. Era una chica risueña, muy inteligente, seguramente superdotada aunque nadie la hubiese diagnosticado, e increíblemente interesada en la Historia de Inglaterra, asignatura que Mitch llevaba años impartiendo. Comenzó a quedarse unos minutos tras las clases charlando con él, pidiéndole información, libros donde poder ampliar sus conocimientos. Mitch no sospechó nada, a pesar de que la chica cada vez llevaba faldas más cortas y escotes más sugerentes. Él no se enteró, pero sí lo hizo el resto de la plantilla que andaba cuchicheando a sus espaldas. Fue una de las cosas que más le dolieron: que nadie fuese capaz de avisarle. Una tarde, Charlotte lo abordó en la sala de profesores, cuando el instituto ya estaba cerrado, con la excusa de pedirle consejo para el trabajo que les había encargado. Y, ante la mirada atónita de Mitch, comenzó a desnudarse. Antes de que pudiera preguntarle qué demonios estaba haciendo, la mujer de la limpieza irrumpió en la habitación. La fregona se escapó de sus manos y, cuando pudo reaccionar, cogió el palo y se dio la vuelta. Mientras, la muchacha se vistió a toda prisa y salió de allí como alma que lleva el diablo. A la mañana siguiente, Mitch estaba sentado en el despacho del director junto a los padres de Charlotte y ésta. No entendía nada de nada; no había dormido en toda la noche pensando en qué coño había pasado. A ratos, pensaba que su mundo se había ido al carajo por la tontería de una niña; otras, pensando en la madurez de Charlotte, se convencía de que la chica diría que había sido un malentendido. Volvió la vista atrás para buscar si en algún momento él le había mandado alguna señal equivocada. No, al menos no conscientemente.

Recuerda que aquella mañana la lluvia caía con fuerza tras los cristales del despacho del director. Las caras de los presentes se veían pálidas y la tensión era tan palpable que las manos comenzaron a sudarle. Charlotte, para su sorpresa, dijo que el profesor Aldrich llevaba acosándola varios meses y que aquella tarde le había pedido que fuese a verlo a la sala de profesores para comentarle algo sobre un trabajo. Allí, la había obligado a desnudarse. Todo esto lo dijo sin mirarle a la cara pero entre sollozos de lo más creíbles. Mitch se quedó sin palabras y cuando la reunión terminó, el director tuvo que hacerle levantar del sillón. Después, una denuncia, una declaración en la que negó todos los hechos y un juicio en el que, a pesar de los intentos de los padres de Charlotte, no se pudieron probar los hechos. Mitch quedó libre de culpa pero jamás pudo recuperar su antigua vida. Perdió el trabajo y la posibilidad de hacerlo en ningún otro centro; su pareja le abandonó en cuanto salió el asunto a la luz y ninguno de sus amigos llegó a creer del todo que fuese inocente. Curiosamente, la única persona que estuvo a su lado fue la madre de sus hijos. Mary supo desde el principio que era inocente. Según ella, seis años de matrimonio le habían enseñado a averiguar cuando mentía. Al menos, pudo mantener la relación con sus hijos y saber que alguien en este mundo estaba de su parte.

Se instaló en Tabarca tras aquellos meses de pesadilla, cuando, después de unas vacaciones, descubrió que la isla se le adaptaba como una segunda piel. Había conseguido reunir una cantidad de dinero nada despreciable tras el despedido y la venta de su casa. Podría pasar un tiempo en Tabarca sin mayores preocupaciones. Fue allí donde descubrió que el negocio del dinero era una mina de oro, así que se estableció definitivamente en la isla.

El barco zarpa con movimientos torpes y Mitch suspira pensando en lo que le espera al final del trayecto. Coloca las manos sobre la ventanilla que tiene al lado y cierra los ojos. Quizá pueda echar una cabezadita.

Capítulo 10

Paula, la mejor amiga de Clara, espera a que le toque su turno en el interrogatorio. Está nerviosa, pero no tanto como triste y aterrada. Desde que encontraron el cadáver de su amiga, pasa de la risa a llanto sin previo aviso. No ha vuelto a pegar ojo, cree ver asesinos entrando en su cuarto en cuanto la casa se queda en silencio. Ha empezado a dormir con su madre, relegando a su padre, malhumorado, a su propio cuarto. Y siente una presión insoportable en el pecho que parece todo el tiempo a punto de estallar. No le ha dicho nada a su madre porque, de seguro, la haría visitar al médico. La muerte de Clara no es un concepto que entienda. ¿Cómo es posible que alguien como ella ya no esté viva? No le parece que la idea se sostenga. Clara tenía dieciséis años, le gustaban los tíos, los helados de vainilla que Paula detesta; tuvo su primera regla un mes antes que ella, recuerda que entonces pensaron que hacerse mayores era una mierda; adoraba la música de cualquier tipo, incluso esos estúpidos de *One Direction*; siempre dormía con un pijama dos tallas más grande y, a veces, tenía unos terribles dolores de cabeza. ¿Cómo puede ser que todo eso pertenezca al pasado? Paula irá haciéndose mayor, quizá algún día se case, *puede que incluso con Alberto Lastres, quién sabe,* y, en cambio, Clara tendrá siempre dieciséis años. Si después de diez años, por ejemplo, resucitase, ¿podría reconocer a la Paula en la que se convertirá? No tendrían nada de que hablar: Clara seguiría escuchando a ese grupo estúpido y Paula quizá ya no tuviera tiempo ni de escuchar música.

—Paula, pasa, por favor—le dice Raúl, interrumpiendo sus pensamientos.

En cuanto entra en la sala, se pone a llorar. Mónica se levanta de su silla para consolarla y le hace un gesto a Raúl para que traiga el acostumbrado vaso de agua. Para cuando vuelve Raúl, Mónica ya ha comenzado a hablar con Paula.

—Bueno, pues entonces, no hay mucho más que contar, ¿verdad?

—No, lo siento. No recuerdo nada más...es que, en realidad, no pasó nada más. Bueno, quiero decir...

—Sí, Paula, tranquila. El inspector te preguntó la última vez que estuviste aquí por su padre. ¿Sabes algo más de lo que dijiste?

—No, Clara nunca hablaba de él. Creo que no sabe... no sabía donde vivía y tampoco le importaba. A mí nunca me contó nada de él.

—¿Y el tal Pedro?

—Tampoco sé mucho. Una noche que dormí en su casa me dijo que estaba a medias con él, que tenía casi treinta años. Yo le dije que estaba loca, que era un abuelo. Se enfadó conmigo y me dijo que no tenía ni idea de lo que era un verdadero hombre. Cambiamos pronto de tema.

—¿No sabes dónde lo conoció?

—En una discoteca o un bar, algo así. Dijo que tenían aficiones comunes.

—¿Cuáles?

—No me las contó.

—¿Y qué aficiones tenía Clara?

—Pues, no sé, le gustaba nadar, ir a bucear, las series de televisión...

—¿Y en Sevilla?

—La verdad es que no lo sé. Habíamos quedado en que iría a visitarla pero, al final, con el curso y esas cosas, no pude ir nunca. Ya no podré hacerlo jamás —dice Paula a la vez que vuelven las lágrimas a sus ojos.

—Está bien, Paula. Es todo. Si te acuerdas de algo, vienes a contárnoslo, ¿vale?

—¿Creen que el asesino está todavía en la isla? —pregunta Paula angustiada.

—Aún no sabemos si la mataron, Paula. Tenemos que esperar a los resultados de...

—No fue un accidente, de eso estoy segura.

—¿Y cómo estás tan segura?

—No lo sé, pero se la cargaron, ya verá.

—No adelantéis acontecimientos, tú y tus amigos. Lo único que conseguiréis es poneros nerviosos. Hay que dejar trabajar a la policía, ¿de acuerdo?

—Sí, Mónica, vale —y se despide con talante serio, sin creerse una sola palabra sobre el posible accidente de su amiga.

—¿Crees que en realidad se llevaban bien? —le pregunta Mónica a Raúl, una vez la muchacha ha salido del puesto.

—¿Quiénes?

—Clara y Paula.

—No sé, parece que muy bien. ¿Por qué lo preguntas?

—Me da la sensación de que es todo demasiado perfecto. Clara era increíblemente guapa, popular, inteligente...Paula es una chica del montón, ¿no crees?

—Pues sí, si la comparas con Clara, desde luego.

—Me resulta extraño que no tuviera celos, aunque fuera un poco, no sé. Me acuerdo de Leo, la chica más explosiva de mi instituto y, supuestamente durante una temporada, mi mejor amiga. A ver, claro que la quería, pero a la vez tenía ganas de cargármela.

Raúl se pregunta a qué instituto debió de ir Mónica si ella era de las del montón. No le importaría haber estudiado allí.

—Bueno, pero de ahí a hacerlo...—dice Raúl.

—Claro, claro, no estoy diciendo que Paula... solo digo que nos cuenta una historia de cuento de hadas que no me trago. En fin, esto va a ser complicado.

El inspector hace en ese momento su aparición y Mónica lo pone al corriente de las novedades.

—¿Y el inglés? —pregunta Villanueva.

—No sabemos. Hemos hablado con Fermín y nos ha dicho que ha intentado localizarlo. Estamos esperando el informe de la Central.

—¿Informe? —pregunta Hernán.

—Bueno, yo...—comienza Mónica nerviosa —me parecía raro que hubiese desaparecido así, justo ahora. Es un hombre que apenas deja la isla, así que me tomé la libertad de preguntar en la Central, por si hay algo raro, pero...

—Genial, subinspectora. Tenemos que llamar a todas las puertas porque esto, si se ha dado cuenta, tiene muy pocas posibilidades de resolverse, ¿no cree?

—Pues sí, inspector —contesta Mónica, sorprendida y orgullosa a la vez.

—¿Ya han terminado las preguntas por hoy?

—Sí, hemos acabado

—Pues vamos a tomar un café y les pongo al día de la autopsia —dice Hernán mientras Raúl intenta tragar saliva.

El inspector acaba de salir de la ducha cuando escucha el teléfono de la habitación. Extrañado, contesta. Es Ramón. La subinspectora quiere verle. Pregunta si puede bajar. Le dice que suba, para arrepentirse al instante. Ni siquiera está vestido. Como puede alcanza un pantalón del armario y no tiene tiempo de abrocharse la camisa antes de oír golpes en la puerta. Mónica lo mira de arriba a abajo.

—Perdone, estaba en la ducha —dice el inspector azorado.

—No importa. No es el primer tipo al que veo con la camisa sin abrochar —contesta Mónica. —Acaba de llegar esto —continúa mostrando un papel.

Hernán lo lee.

—¡Joder, el inglés!

—Ya le digo. No me lo esperaba. También es verdad que dice que quedó libre sin cargos pero...

—Haber desaparecido no le hace parecer inocente, desde luego. Pues habrá que buscarlo. Ese Fermín, ¿quién es? ¿algún amigo?

—Podría decirse que sí. El hombre tiene casi noventa años, pero desde que Mitch llegó a la isla se hicieron inseparables.

—Pues vamos a ver qué nos cuenta.

Fermín está atendiendo el pequeño huerto que hay detrás de su casa cuando llegan los policías. Al verlos entrar, frunce el ceño. Vienen en busca del inglés.

—¿Qué tal, señor Fermín? —pregunta Mónica.

—Tirando —contesta sin invitar a seguir la conversación.

—Este es el inspector Villanueva. Ha venido por lo de Clara.

—Ya.

El silencio es incómodo. No parece que el hombre vaya a parar de cavar en la tierra y continuar con su trabajo tan solo porque un par de policías hayan irrumpido en su casa.

—Verá, Fermín, venimos porque tenemos que hablar con Mitch —empieza Mónica.

—¿El inglés?

—Sí, el inglés. ¿Sabe dónde está?

—No.

—¿Hace mucho que no le ve?

—No.

—¿Cuándo...? —pregunta el inspector.

—A la hora de comer.

—¿Está en la isla?

—Supongo. A esa hora lo estaba, desde luego.

—Gracias, Fermín.

El hombre sigue a lo suyo sin contestar, pero antes de que los policías se hayan ido, el hombre levanta la mirada.

—Es un buen tipo, el inglés ese.

Mónica y Hernán se van sin hacer comentario alguno.

Mitch abre la puerta en cuanto escucha el timbre. De todas formas, ese momento tenía que llegar, antes o después.

—Buenas tardes, Sr. Aldrich. Somos...—comienza a presentarse el inspector.

—Sí, pasen, por favor —contesta Mitch, tendiéndoles la mano e invitándoles a entrar en el salón de su magnífica casa. De aire minimalista, el salón seguramente es más grande que todo el apartamento del inspector y de la casa de Mónica juntos. Domina la estancia un amplio ventanal con vistas al mar. El inglés les hace un gesto para que se sienten en un sofá blanco que Hernán solo ha visto en películas.

—¿Quieren café o té? —pregunta.

—Bueno, un café no estaría mal —dice el inspector —. Solo y sin azúcar, por favor.

—¿Mónica?

—Para mí un vaso de agua, Mitch, gracias.

El hombre se dirige a la cocina y Hernán observa el entorno.

—¡Menuda casa! —susurra.

—Es una maravilla. La compró casi derruida y la reconstruyó. Es increíble. En la parte de atrás tiene un jardín precioso.

En ese momento, aparece Mitch con una bandeja y las bebidas correspondientes: café para ellos y el agua para Mónica. Sirve y, después, se sienta en una silla de diseño imposible.

—Supongo que ya han descubierto mi oscuro pasado —comienza el inglés. Hernán se sorprende del dominio de la lengua española que tiene. Apenas un discreto acento delata que no es de la tierra. Eso y su aspecto: piel blanca y cabello rojizo.

—Hemos recibido un informe sobre lo que ocurrió en Inglaterra —dice Mónica.

—Pues ahí está todo, pero lo único que hay de verdad es que no hice nada. Aquella chica... se lo inventó todo. Entiendo que es difícil de creer, ni siquiera mis amigos lo hicieron, pero es la verdad.

—Bien, nosotros nos atenemos a la decisión judicial pero tiene que entender que el haber huido así, nos haga dudar.

—Me entró el pánico. No hay más excusas. Cuando me acusaron de haber abusado de Charlotte, no entendía que no fuese fácil demostrar que era inocente. Pero no lo fue. Con lo de esta chica, yo pensé que...que otra vez nadie creería que no he hecho nada. Ya ven, eso de que uno es inocente hasta que se demuestre lo contrario, es *bullshit*.

—¿Dónde estuvo la mañana en que desapareció Clara?

—En casa, solo.

—¿No hay nadie que pueda...?

—Nadie. Suelo salir a nadar a primera hora de la mañana pero la noche anterior me quedé trabajando hasta tarde y por la mañana no escuché el despertador. Miren, yo no conocía a esa chica, ni siquiera de vista. No tengo relación con los turistas.

—Clara y su madre no son turistas. Viene todos los veranos.

—Sí, de acuerdo, puede que las haya visto. Seguro que las he visto, pero ni siquiera sabía sus nombres. Podría decir que mi único amigo aquí, aunque parezca raro, es Fermín. Me gusta estar solo, ¿saben? Pero no creo que eso sea un delito.

—Claro que no —contesta el inspector.—Mire, tenemos un gran problema: nadie sabe nada, nadie ha visto nada. Y, de pronto, usted se fuga, tiene antecedentes...

—Oiga, yo no...

—Está bien, declarado inocente pero, póngase en nuestro lugar. No vamos a por usted, esté tranquilo, pero es nuestro deber investigar. La madre de esa cría necesita encontrar a quién la mató.

—Entonces, ya es claro que la mataron. Fermín me dijo que aún no se sabía nada.

—Oficialmente, no. Intentamos evitar el pánico en la isla, pero en breve saldrá a la luz y tenemos que encontrar a la persona que lo hizo, ¿lo entiende?

—Haré todo lo posible por ayudar —dice Mitch— solamente pido que no me crucifiquen antes de tiempo. No puedo inventar cosas que no he visto sólo para salir de ésta, pero me quedaré aquí y los recibiré en cualquier momento que necesiten. ¿Saben? hay veces que uno se despierta y es cuando comienza la pesadilla. La mía fue Charlotte y creo que me perseguirá siempre.

—Tenemos que tomar una muestra de ADN —dice Mónica.

—Claro —asiente Mitch, con la mirada perdida.

Ya de vuelta en el puesto, Mónica y Hernán le cuentan a Raúl las novedades. Éste ha pasado la tarde colocando carpetas, clasificando fotografías y enviando correos electrónicos.

—¿Cree que puede haber sido él? —pregunta.

—No, no lo creo —contesta el inspector.

—Yo tampoco —añade Mónica— es cierto que sería nuestra mejor opción: juicio por abuso de una menor, fuga al enterarse de la muerte de la chica...tiene todos los boletos y, aún así, no creo que fuese él.

—Es una putada —dice el inspector —porque habríamos resuelto el caso en un abrir y cerrar de ojos.

—¿Así que lo descartamos? —pregunta Raúl.

—No tan deprisa. Lo que pensemos la subinspectora y yo no es nada oficial. Es...

—...un pálpito —añade Mónica, terminando la frase.

Al salir del puesto, el sol comienza a esconderse y, rebelándose ante el mandato de la naturaleza, se torna tan rojo como la sangre. Hernán se acerca hasta la puerta de San Gabriel y, desde allí, contempla el arrebatado atardecer mientras las lágrimas corren ácidas por dentro. Clara no verá nunca más ese espectáculo, ni ningún otro. Y Blanca, quizá, esté sentada al borde de algún mar, observando como sin remedio llega la noche. O puede que algunos brazos la abracen mientras baila sobre la arena.

CAPÍTULO 11

Durante los días siguientes se vieron incluso colas de personas que voluntariamente deseaban colaborar con la policía. Cuando se supo que la niña había sido asesinada, los vecinos no dudaron en echar una mano, a la vez que se organizaron concentraciones de duelo y de protesta en la playa, y la puerta de las León había aparecido cubierta de flores y recuerdos en memoria de Clara. Hernán y Mónica habían comunicado la desgraciada noticia a María, aunque en opinión de Mónica, la peor noticia había sido la de decirle que estaba muerta. María desde el primer momento que entrevió en la arena el cuerpo de Clara había sabido que alguien la había asesinado. Intuición de madre, quizá. Elena, la hermana, los había recibido. María no se había vuelto a levantar de la cama.

—Llamaré a Mercedes —dice Mónica.

—No creo que haga falta —contesta ruda la hermana—. Hablé con mi médico en Sevilla y me recetó unos tranquilizantes. No se preocupe y gracias.

—Está bien, como quiera —contesta Mónica, enfadada.

—¿Cuándo podremos verla? —pregunta Hernán con una gran sonrisa, intentando ser lo más cortés y amable posible con esa mujer que en nada se parece a su hermana y a su sobrina. Delgada, elegante, de cara alargada y reseca, lo que más la diferencia de ellas son sus pequeños ojos azules, gélidos y feroces.

—De momento, es imposible. Ha sufrido mucho y necesita descansar.

—¿Eso también se lo ha dicho su médico? —pregunta la subinspectora.

—Bien, avísenos en cuanto se encuentre algo mejor —dice Hernán, con el fin de zanjar el asunto y evitar una confrontación.

—No lo duden. Así lo haré.

—Nos gustaría hablar también con usted y su familia. Si les parece bien, pasen mañana a primera hora por el puesto.

—¿Por el puesto?

—Sí, si no es molestia —añade el inspector.

—Está bien. Se lo diré a mi marido y a mis hijos. Buenas tardes —dice la mujer prácticamente echándoles de la vivienda.

Ya en la calle, Mónica suspira.

—Lo que hay que aguantar. Ya lo decía Raúl, que esta tía era una sota.

—Desde luego, amable no es. Y no se parece en nada a su hermana, ¿verdad?

—¿Qué dice? Es todo lo contrario. María, además de guapa, es una mujer dulce, encantadora.

—¿Conoces al marido? —pregunta el inspector.

—De vista. Raúl creo que lo conoce algo más. Mire, ahora hemos quedado en el bar de la plaza. Puede preguntarle.

Raúl espera sentado con un café con hielo entre las manos. Apenas les ve, se levanta solícito.

—Buenas, inspector. Mónica...

—Hola, Raúl —contestan a la vez.

—¿Quieren tomar algo?

—Lo mismo que tú —contesta el inspector.

—Yo una caña. Puedo, ¿no? —pregunta Mónica mirando al inspector.

—Supongo que ya no estamos de servicio —dice mirando el reloj.

Raúl se acerca al camarero y, enseguida, vuelve con ellos.

—Jefe, han llamado de Sevilla. Dicen que han encontrado algunas cosas en el cuarto de Clara: un diario y otras cosas que les gustaría que revisara usted. Y han encontrado al tal Pedro. Me han dicho que lo mejor sería que viajara hasta allí.

—Sí, será lo mejor. A ver si podemos salir mañana —dice el inspector, echando una mirada a Mónica.

—¿Podemos? —pregunta ésta.

—Usted es la subinspectora, ¿no?

—No me queda más remedio.

—Raúl, ¿nos pueden conseguir en Alicante un vuelo?

—Lo intento. Ahora voy al puesto a ver si están —dice mirando la hora.

—Y algún sitio para dormir. En Sevilla nos pueden buscar algo —añade el inspector.

—Está bien, jefe —contesta Raúl.

—Por cierto, ¿conoces al marido de Elena?

—¿A Roberto? Sí, ¡pobre hombre, con esa mujer que tiene! Es un santo varón.

—Sí, ya he tenido el gusto de conocerla.

—Es una arpía... perdón, pero, bueno, ya la ha visto. Roberto es un hombre tranquilo, de pocas broncas pero con Elena es imposible no tenerlas. Adoraba a Clara. Siempre decía que era una niña muy especial.

—¿A qué se dedica?

—Tiene un negocio de muebles y creo que le va muy bien. Cuando viene a la isla le gusta nadar y tomarse unas cervezas con los amigos. Muy simpático, se hace querer.

—Y guapo, además —dice Mónica.

—Sí, el tío está pero que muy bien para la edad que tiene. Rondará los cincuenta y algo, pero se cuida.

—¿Y los hijos?

—Unos chavales del montón. Algo malcriados, no suelen salir mucho. Se encierran en su casa prácticamente todo el verano. Creo que el resto del año lo pasan en un internado. A mí me dan pena, la verdad.

—Bueno, pues encárgate de lo de Sevilla y mañana te toca hablar con Elena y familia.

—¿Yo solo?

—Tú puedes, Raúl. Eres un buen policía —dice el inspector, haciendo que las mejillas de Raúl tomen un color rojizo que intenta ocultar sin éxito.

—Gracias, jefe.

De vuelta en el hotel, Hernán encuentra a Ramón y a Ernesto charlando. Éste, apenas le ve entrar, salta de la silla y va en su busca.

—Inspector, me gustaría hablar con usted.

—¿Qué tal se encuentra?

—Mejor. Precisamente, quería preguntarle cuando puedo volver a casa. Ya sabe, tengo cosas que hacer allí y, la verdad, quiero perder de vista esta isla cuanto antes.

— Pase mañana por el puesto para avisar a Raúl y dejar todos los datos que necesitemos. Por favor, esté localizable porque podemos tener que contactar con usted en cualquier momento.

—Pobre chica, no me la quito de la cabeza. Pero, ¿quién podría querer hacerle algo así?

—Este mundo está lleno de canallas.

—Bueno, inspector, no puedo decir que haya sido un placer conocerle pero...

—Lo mismo digo, señor Villegas —dice el inspector. —Ramón, ¿qué tal?

—Bien, inspector. Charlando un rato con el señor, ahora está la cosa floja, anda todo el mundo fuera. Por lo menos, me dan un respiro. ¿Quiere tomar algo?

—No, gracias. Estoy hecho polvo. Mañana salgo para Sevilla, así que aprovecharé esta noche para dormir, porque allí me temo que será imposible.

—Un infierno, dicen —añade Ramón.

CAPÍTULO 12

Esa noche Blanca vuelve a aparecer en sus sueños. Está sentada junto a un acantilado y le hace un gesto con la mano para que se acerque. Está completamente desnuda y el deseo de Hernán es tan intenso que tiene que parar para recuperar el aliento. Cuando está a punto de alcanzarla, a punto de acariciar sus pechos y besarla, ella le sonríe y por la abertura de su boca, coágulos de sangre negra caen a borbotones. Hernán se para en seco y Blanca, contrariada, intenta decirle que se acerque. Apenas entiende sus palabras entre las bolas sanguinolentas que le caen por las comisuras de los labios. Hernán ahoga las nauseas y Blanca comienza a llorar. Sus ojos se vuelve blancos y duros, como los de Clara, y entonces Blanca señala el cielo. Está lleno de estrellas. Es precioso pero Hernán apenas puede verlo, quiere apartar la mirada de Blanca pero le resulta casi imposible. Ella insiste y, al final, Hernán ve como, de repente, el cielo se ha convertido en un mapa astral donde se dibujan cada una de las constelaciones que él no conoce. Blanca se pone en pie y Hernán teme que se acerque, pero la mujer vuelve la vista atrás y entonces aparece Clara, sonriendo y sangrando. Se toman de la mano y caminan despacio hacia Hernán que, antes de volverse loco, consigue despertar.

Mónica llena un vaso con agua y coge un par de tranquilizantes. Ha tenido que volver a tomarlos. Aún así, le resulta difícil quedarse sola. Enseguida vuelven los recuerdos, tan nítidos que a veces parecen demasiado reales. Se desnuda y se mete en la cama. Un libro es su mejor compañía; tras unas páginas de vivir otras vidas, enseguida se queda dormida. Lo bueno de las pastillas es que no sueles tener sueños. Está algo inquieta por el viaje a Sevilla. Para Mónica, en estos últimos años, la isla es su refugio. Le cuesta moverse en una ciudad. Incluso las escasas veces que ha tenido que ir a Alicante, se ha sentido como una hormiga a punto de ser aplastada; la respiración se le vuelve inconstante, y los ataques de ansiedad avisan de su llegada. Hasta ahora, ha podido controlarlo, sobre todo no saliendo de la isla. Pero Sevilla es una ciudad muy grande. Para ser sincera, está aterrada. Y además, compartir el viaje con el inspector no es que sea uno de sus mayores deseos. Le parece arrogante y estúpido, aunque tiene que reconocer que hace bien su trabajo y, bueno, es verdad que no está mal. Si estuviera buscando algo, que no es el caso, Hernán sería su tipo, sin duda. El día que lo vio sin camiseta, aunque logró disimular bien su sorpresa, se había sentido bastante turbada. *No está mal, pero que nada mal*, piensa Mónica mientras abre el libro. No puede evitar cierto cosquilleo en el estómago, que intenta obviar sin mucho éxito. *No me jodas, Mónica, no puedes estar tan tonta*, se dice. Pronto, los ojos comienzan a cerrarse y apenas tiene tiempo de dejar el libro sobre la mesilla antes de quedarse dormida.

Esta vez las pastillas no serán suficientes para evitar las pesadillas. En ellas, Mónica se despierta abrazada a Víctor. Es de noche y están en algún lugar que no reconoce. Al escuchar su respiración pausada, siente que ha vuelto a nacer, está en paz con el mundo. Se lleva la mano al vientre pero no siente al pequeño Pau. Quizá sea otro momento de su vida, anterior al de ser madre. Víctor se revuelve en la cama y, de repente, siente su sexo junto a ella, duro, deseando penetrarla. Víctor abraza sus pechos y Mónica siente un escalofrío. Besa su cuello, baja despacio hasta que encuentra el inicio de su pubis, donde se entretiene hasta que Mónica le toma la mano y la coloca entre sus piernas. Poco a poco, va abriendo sus labios, apenas rozando el clítoris, volviéndola loca. La ha penetrado al mismo tiempo que la acaricia y, cuando el orgasmo se hace inevitable,

Mónica vuelve la cabeza buscando los labios de Víctor. El placer se congela de pronto: es Clara, con su mirada lechosa y vacía, con su aroma de muerte, su piel devastada por la sal y los peces, la que la está tocando. Intenta gritar pero la muchacha posa lo que queda de sus labios en la boca de Mónica, mientras mueve sus dedos ya esqueléticos dentro de ella. Cuando Mónica cree que va a perder la razón, despierta en su habitación. El corazón le late tan deprisa que tiene que poner sus manos sobre el pecho para intentar acallarlo. Vomita sobre la cama todo lo que tenía en el estómago y, después, comienza a llorar.

Raúl se ha quedado dormido en brazos de Raquel. Hacía tiempo que no tenían sexo y, la verdad, es que lo echaba de menos. Con Raquel, todo era familiar pero desconocido al mismo tiempo. Creía que nunca llegaría a conocerla del todo.

Se ha deslizado hacia el sueño por una puerta equivocada. Está en un monte solitario; al fondo ve una ciudad que no conoce. Pasea sin miedo y pareciendo conocer su destino. De pronto, escucha voces entre una alameda. Se acerca cauteloso, el día va acabando y no quiere que la noche lo encuentre allá arriba. Alguien se ríe, parece una muchacha. Se acerca un poco más y distingue las voces de varias personas que entonan una especie de salmo que, a Raúl, le recuerda sus domingos de niñez en la iglesia. La muchacha en el centro, ha dejado de reír. Duda si interrumpir lo que estén haciendo, parece demasiado íntimo y demasiado oscuro. Raúl comienza a tener miedo. La oscuridad es cada vez más patente, sabe que tiene que irse pero, por alguna razón, no puede. A pesar de su razonamiento, se adentra entre los árboles, cuidándose de que no lo vean. La muchacha ahora está en el suelo, y los demás siguen en pie con sus cantos. De pronto, uno de ellos se adelanta y saca un cuchillo. Raúl está a punto de gritar pero, en ese momento, los asistentes desaparecen. Con cuidado se acerca al lugar y ve a una chica tendida, parece dormida. Se arrodilla para preguntar si necesita ayuda y entonces se da cuenta de que es Clara, quien lo observa con sus ojos negros y sonríe. Raúl sabe que, a pesar de lo que ve, está muerta. El hedor le llega como una bofetada cuando la chica abre la boca. No entiende lo que dice y cada vez está más nervioso. Le pide que se vayan pero la muchacha niega con la cabeza. Le promete que la llevará con su madre y, entonces, Clara comienza a llorar. El suelo sobre el que reposa se convierte en agua y la chica se hunde, alzando los brazos, pidiendo ayuda. Raúl intenta alcanzarla pero no es capaz de llegar hasta sus manos. Su rostro comienza a desaparecer bajo el agua, pero antes de perderlo del todo, Clara abre la boca y sus dientes se desprenden como las hojas muertas de un árbol. Raúl grita hasta que consigue despertar.

CAPÍTULO 13

Apenas han intercambiado un par de frases desde que llegaron al aeropuerto. Tras un breve saludo con los compañeros de Alicante y el viaje hasta el aeropuerto en un coche policial conducido por un chaval recién ingresado en el Cuerpo, el silencio se ha instalado entre ellos. Aún queda un rato para embarcar, y Hernán propone tomar algo. Se sientan en una de las cafeterías, cada uno con su bandeja de autoservicio.

—Podrían servirte por lo menos, porque con lo que cobran... —dice Hernán.—¿No tiene hambre?

—No —contesta Mónica, que ha pedido un café solo.

—¿No le dará miedo volar?

—Claro que no, qué estupidez.

—Pues yo tengo que confesar que no soy muy partidario de andar por los aires. Cuando me pongo nervioso, me entra hambre —dice, señalando su tostada.

—Bueno, así si nos matamos, por lo menos habrá muerto con el estómago lleno.

—Ya, muy graciosa.

—Volar es muy seguro.

—Sí, la teoría me la sé de memoria. Otra cosa es meterse en una caja de zapatos con cientos de personas y sus maletas, e intentar comprender que es posible que nos levante a todos hasta miles de kilómetros de altura.

—Sí, cada uno tiene sus fobias, está claro.

—¿Las suyas cuáles son?

—Ahora no se me ocurre ninguna —contesta Mónica con cara de pocos amigos.

El silencio hace de nuevo acto de presencia y se prolonga hasta aterrizar en el aeropuerto de Sevilla. Mónica ha observado casi complacida la palidez del inspector en el despegue; sus nudillos blancos apretando el reposabrazos en el aterrizaje y las miradas inquisitivas a las azafatas cuando alguna pequeña turbulencia movía el avión. Al llegar al aeropuerto, Hernán ha recobrado el color y el humor. A la salida, un policía está esperándoles. Les lleva directamente a la comisaría, así que tienen que cargar con sus equipajes como si fueran dos turistas. El edificio, de reciente construcción, tiene una fachada de un blanco inmaculado. Dentro, abundan los cristales y el metal, *todo muy moderno*, se dice Mónica, sin poder evitar compararlo con el cuartucho que ellos tienen en Tabarca. El inspector al cargo del caso en Sevilla, Morales, les da la bienvenida con una gran sonrisa y un cerrado acento andaluz.

—Vaya caso, compañeros. Hay que tener mala suerte, muchacho —le dice a Hernán dándole un golpe en la espalda con demasiada fuerza.—Mira que trasladarte a esa islucha donde no debe de haber pasado nunca nada y ¡zas! encontrarte con todo el marrón. Es como si anduvieras buscando problemas, ¿eh? —dice, soltando una carcajada.

A Hernán tanta confianza le molesta, pero tendrá que trabajar con este tipo codo con codo, así que es mejor ir pillándole el sentido del humor.

—Sí, ya ves —contesta sin mucho entusiasmo.

—Oye, y perdona lo de "islucha" —le dice a Mónica.

—No soy de allí —contesta Mónica con un tono de voz glacial que el sevillano ni siquiera aprecia. *Le ha caído bien el tío*, piensa Hernán.

—Entonces no hay disculpas —y vuelve a reír a carcajadas.

Mónica mira a Hernán, quien le devuelve una mirada comprensiva. *Este tío es un payaso*, se dicen sin hablar. Pasan a su despacho, también acristalado y reluciente.

—Hemos localizado al tal Pedro que nos pidieron. Pedro Haro, se llama. Un estudiante de filosofía, un perro flauta, vamos —la carcajada es inmediata, al igual que las caras de hartazgo de Mónica y Hernán—. Pero para mí que no tiene nada que ver: es un blandengue el chaval.

Enseguida se echó a llorar, cuando supo de lo Clara, y a berrear cuando supuso que la policía pensaba que tenía algo que ver. Aquí tienen la relación de objetos que encontramos en casa de Clara León —continúa, sacando unos papeles del cajón —y creo que no hay más. Sí, hablamos también con los amigos de Clara, y por aquí tienen que andar las declaraciones...sí, aquí. Pues eso es todo. Estoy a su entera disposición, para el caso y para lo que haga falta —añade, guiñándole un ojo a Mónica, que mira hacia otro lado, intentando no darse por enterada.

—Muchas gracias por todo. Empezaremos por estudiar todo el papeleo —dice Hernán con los documentos ya en la mano—. ¿Hay algún sitio donde podamos...?

—Por supuesto. Vamos al despacho de Sánchez, que está de vacaciones.

Cuando por fin se quedan solos, Mónica explota.

—Este tío es un gilipollas. ¿Y vamos a tener que trabajar con él? Pues lo tenemos claro, inspector. No sé cómo lo ve usted pero yo...

—Como usted, lo veo igual que usted. Pero no tenemos más remedio. Intentaremos agilizar las cosas y largarnos de aquí cuanto antes.

—Usted manda, pero yo a ese...

—Tranquila, subinspectora, tranquila.

Pasan la mayor parte de la tarde intentando descubrir alguna pista que pueda convertirse en línea de investigación, pero la vida de Clara León, aparentemente, era bastante normal. Cansados y hambrientos, deciden dejar la comisaria con el mayor sigilo posible. Consiguen salir sin que nadie los intercepte, especialmente el inspector Morales, y cogen el coche para alejarse lo antes posible. Cuando por fin consiguen aparcar en el centro de la ciudad, buscan algún lugar donde refrescarse. El calor es insoportablemente pegajoso e intenso. Mónica añora la brisa de Tabarca a esas horas de la tarde y Hernán no para de separarse la camisa del cuello.

—Esto es horrible, subinspectora. No creo que aguante aquí más de dos días.

—No se queje, que al menos hemos dado esquinazo al simpático.

—Cierto, esta temperatura y ese hombre juntos habrían acabado conmigo seguro.

El camarero se acerca y piden una cerveza bien fría. Las tapas las dejan a su elección.

—Estamos perdidos, ¿no le parece? —dice Hernán.

—Totalmente. No tenemos hilo del que tirar. Solamente hay una cosa...

—¿Sí? —pregunta Hernán con ansiedad.

—Según Paula, Clara tenía una importante vida social, muchos amigos, llegaba tarde a casa.

—¿Y?

—Los amigos de Clara, que no son tantos en realidad, llevan una vida de lo más recatada. Algunos salen más que otros, pero durante el año están bastante centrados en sus estudios o en otras actividades. ¿Con quién salía entonces Clara? El tal Pedro tampoco parece que pasara las noches de fiesta en fiesta. De hecho, tiene unas notas excelentes, según dice.

—Su madre tampoco sabía nada. Suponía que salía con sus amigos —añade Hernán.

—Lo raro es que los chavales no notaron nada extraño en Clara. Dicen que hacía lo de siempre. No saben si tenía otros amigos; ni tenían la menor idea de que saliera por las noches sin ellos.

—¿Alguna amiga o amigo en especial, alguien de más confianza?

—No. Creo que la única que se cuelga esa medalla es Paula. Y no sabemos si es del todo cierto; desgraciadamente sólo tenemos una versión.

En ese momento, suena el móvil del inspector.

—¿Diga?

—¿Inspector?

—Sí, Raúl, soy yo. ¿Quién iba a ser? Estás llamando a mi móvil.

—Disculpe, señor. Mire, no quiero molestar pero acaba de irse el juez y no sabe usted como se ha ido.

—¿El juez? Pero si no había avisado.

—Ya, pero ha venido cuando tuvo un hueco, eso dijo. El único problema fue que cuando llegamos al cementerio a ver el cuerpo, la puerta donde están las neveras estaba abierta.

—¿Cómo?

—Menuda bronca me ha echado el hombre. Las he pasado canutas, inspector. Estaba abierta la puerta de fuera, la de dentro y, menos mal, que las neveras estaban cerradas. Pero claro, imagínese la impresión que se llevó el juez: nos tachó de incompetentes y eso fue lo más bonito que dijo. Intenté explicarle que somos tres para toda la isla y el tipo me dijo que eso no era problema suyo, pero sí el que la gente anduviera por las cámaras como Pedro por su casa.

—Pero, ¿quién puede haber sido?

—María León —dice Raúl, con cierto orgullo en la voz.

—¿María León? Pero...

—El único que tiene llaves del edificio es Néstor, el encargado. Fui a preguntarle y, tras mucho insistir, recordó que una vez se las había dejado a María, cuando murió el señor Adriano, y que nunca se las había devuelto. Tampoco él se había acordado de pedírselas, lo había olvidado.

—¡Dios mío! ¡Pobre mujer!

—No ha vuelto a salir de la cama desde entonces. No he podido hablar con ella y, de todas formas, será mejor que lo hagan usted o Mónica cuando vuelvan. Yo...

—Has estado brillante, Raúl. Mil gracias y siento mucho lo del juez. Intentaré hablar con él también cuando volvamos. No te prometo una disculpa, eso va a ser imposible, pero asumiré mi responsabilidad.

—No, inspector, si ya da igual.

—A mí no. ¿Cómo han ido los interrogatorios?

—Bien, señor. He grabado todos pero me parece que no hay nada nuevo: ni Elena ni Roberto sabían qué hacía Clara en Sevilla, y mucho menos en Tabarca durante este verano. Los chavales no tenían relación alguna con ella.

—En fin, si hay algo, llama. Y gracias de nuevo.

Hernán le explica a Mónica lo que ha sucedido. No puede perdonarse haber permitido que María haya visto a su hija en ese estado. Era imposible dejar a alguien al cuidado, pero aún así es imperdonable. Hablará con ella en cuanto vuelva, aunque se teme que necesitará ayuda más especializada para poder pasar por todo esto. Las tapas, para sorpresa del camarero, se quedan en la mesa. A ambos se les ha quitado el apetito. Deciden ir al hotel a dejar el equipaje que aún no han tenido tiempo de sacar del coche. Además, se agradece un ducha fresca y un cambio de ropa antes de salir a cenar.

El hotel donde se alojan es un discreto edificio perteneciente a una conocida cadena hotelera. Les han dado habitaciones contiguas, así que toman juntos el ascensor. La subida hasta el cuarto piso resulta incómoda: Hernán mira al techo, mientras Mónica observa con fingido interés los carteles de aviso del aparato. El timbre de llegada les da un respiro. Quedan en verse en una hora.

Nada más entrar en la habitación, suena el móvil de Hernán. Duda si obviar el soniquete y meterse en la ducha, pero al final contesta. Al principio, no reconoce la voz.

—Soy yo, inspector, Silvia Millán, la ayudante del doctor Recio, el forense.

—¡Ah, Silvia! No la había reconocido. Dígame, ¿alguna novedad?

—Del laboratorio, aún no ha llegado nada. Por cierto, hoy nos mandaron el ADN que hay que comprobar. Tendrá que ir directamente a la Central, aquí no tenemos medios.

—Uff, entonces tardará una eternidad.

—Más o menos —contesta la forense.

—Tenía algo que...

—Sí, le llamo porque ya descubrí la constelación que lleva el tatuaje. Está escondida entre los dibujos maorís, pero estoy segura de que es la *Argo Navis*.

—¿Argo...?

—Argo Navis. Es una constelación ya en desuso, por eso me constó más reconocerla. Hace alusión al viaje de Jasón y los Argonautas.

—Es raro llevar eso tatuado, ¿no?

—No lo sé. A mí no me gustan los tatuajes, pero he visto cosas más raras que esa, desde luego. Puede resultar extraño para una niña de su edad, pero quizá se lo tatuó sin saber muy bien qué significaba —. Silvia se queda en silencio unos instantes y después continúa. —La gente hace cosas pero que muy extrañas. Cuando hacía las prácticas de la carrera, trajeron a un chaval que había fallecido en un accidente de moto. Llevaba tatuado en la pantorrilla "fideos" en chino. Al verlo, mi compañero, que era oriental, empezó a desternillarse de risa. No podía parar y el jefe lo echó de la sala. Cuando salimos, ya se había calmado, aunque cuando el jefe le preguntó muy serio qué había pasado allí dentro, empezó a perder los nervios de nuevo y tuvimos que esperar un rato hasta que dejó de reír. Nos dijo que el chaval seguramente había querido tatuarse "lealtad" y había terminado anunciando fideos en sus piernas. El jefe lo reprendió, aunque cuando lo vimos avanzar por el pasillo juraría que se iba riendo.

—Vaya, sí que hace cosas raras la gente. Bueno, gracias de todos modos.

—Un placer, inspector. Quizá nos veamos por la isla.

—¿Va a volver? —pregunta Hernán, asombrado.

—Me pareció interesante y, desde allí, seguro que es una gozada ver las estrellas.

—Espero que cuando usted vaya a pasar sus vacaciones, yo haya logrado volver a casa, pero si no ha sido así, será un placer volver a verla.

Hernán ha obviado dos llamadas del inspector Morales. Cenar con él no entra dentro de sus planes. Ya tiene bastante con sobrevivir a las llamas que expulsan las calles de la ciudad, como para tener que reír las gracias al tipejo ese. Hernán, frente al espejo, se da cuenta de que se ha acicalado algo más de lo normal. No lo ha pensado mucho, pero va a cenar a solas con Mónica. *Hace siglos que no salgo con una mujer, y aunque Mónica sea compañera...es una mujer,* piensa mientras decide si despeinarse algo más.

En el pasillo, le espera la subinspectora. Lleva un vestido corto y negro que le sienta como un guante. Unos zapatos con algo de tacón le dan un toque justo para ir arreglada sin parecerlo demasiado. A Hernán se le escapa una sonrisa.

—¿Qué le hace gracia, inspector?

—Nada, nada, pensaba en Silvia, la ayudante del forense —miente.

—¿Y eso?

—Ha llamado y tenemos novedades. Por cierto, está muy guapa.

—Gracias, inspector. Usted también.

En recepción les recomiendan un restaurante junto al río, al que se acercan paseando. Ilusionados por el fresco del aire acondicionado del hotel, creyendo que se extenderá hasta la calle, se sorprenden ante la bofetada de calor que los recibe al dejar la recepción. Luchando contra el sudor, Hernán pone al día a su compañera sobre el descubrimiento de Silvia. Quizá las piezas comienzan a ocupar posiciones que les permitan avanzar en el puzzle.

Los recibe un camarero vestido de blanco impecable, y los acomoda en una mesa junto al Guadalquivir. El sofocante calor de la calle y ese aire prácticamente irrespirable, quedan anulados por el frescor de los nebulizadores colocados en la terraza que sueltan cada poco nubes de agua fresca. La vista es maravillosa, con los barcos amarrados y la Torre del Oro dominando las aguas. Hernán, por fin, se siente a gusto desde que llegó a la ciudad. Otro camarero les toma nota de lo que cenarán y, dejándose aconsejar, deciden compartir los entrantes: un salmorejo con crujiente de jamón y huevo de codorniz, y un paté casero al oporto. De primer plato, Mónica opta por unas albóndigas de choco y rape, y el inspector por un solomillo con salsa gorgonzola. El vino de la casa, según el camarero, es una excelente opción.

Mónica intenta ocultar el temblor de las manos al tomar la copa de vino, y Hernán disimula que no lo ha notado. Se siente incómoda con el inspector, cenando a solas con él. Después de un par de sorbos al vino que, por cierto, es excelente, se va tranquilizando. Hernán intenta conversar, admirando el paisaje y la ciudad vista desde un lugar donde el calor no es una pesada losa. Poco a poco, Mónica pasa de los monosílabos a entrar de lleno en la conversación. Ninguno de los dos habla de su pasado. La cena es deliciosa y Mónica decide acabar con una mousse de chocolate. Hernán pide un café, mientras observa con deleite como su compañera mueve el plato, decidiendo por donde empezar. En ese momento, ve a la niña que fue y que debe de seguir habitando en algún lugar. *Es preciosa, joder*, piensa el inspector. Blanca en ese momento es pasado y, aunque sabe que es un espejismo, no puede evitar disfrutarlo.

De camino al hotel, el silencio vuelve a instalarse entre ambos, pero esta vez no es incómodo. Se despiden a la puerta de la habitación del inspector y Mónica, antes de entrar, se vuelve. En su mirada hay muchas cosas, *demasiadas*, piensa Hernán.

CAPÍTULO 14

Pedro, sentado en una sala blanca y demasiado aséptica para su gusto, se retuerce una de las rastas que cubren su cabeza. Maldice el día que se cruzó con esa tal Clara. Al fin y al cabo, no había sido más que una breve amistad, y por decir algo, porque en realidad apenas si habían llegado a conocerse. Ha sido mala pata el que hayan podido relacionarlo con ella. Apenas si se ha repuesto del susto al conocer su muerte. A él toda aquella historia de las constelaciones le pareció rara desde el principio, pero nunca creyó que la cosa pudiese llegar tan lejos. Es verdad que tampoco sabe qué ha sucedido en realidad. El inspector Morales le dijo que la habían asesinado y, al volver a casa, comenzó a pensar que quizá tuviera algo que ver con aquel grupo en el que andaba metida. No había dicho nada a la policía porque tenía miedo. Y sigue teniéndolo. Si, por casualidad, lo lían con historias raras, puede olvidarse de seguir estudiando. Seguro que perdería la beca y sus padres no se pueden permitir el lujo de pagarle la carrera. Le sudan las manos y no para de mover la pierna izquierda. Cuando se abre la puerta, da un brinco.

—Buenos días —dice el inspector Villanueva. —Pedro Haro, ¿verdad?

—Sí, señor —contesta el joven, hecho un manojo de nervios.

—Encantado de conocerle. Soy el inspector Villanueva, y ella —dice señalando a Mónica —la subinspectora Esteller.

—Hola —contesta Pedro.

—Sabe por qué está aquí, ¿no? —pregunta Hernán

—Sí, claro. Por lo de...lo de Clara.

—Exacto.

—Yo apenas si la conocí...yo...

—Pues ella opinaba que eran muy buenos amigos. Bueno, algo más que amigos —dice Mónica.

135

—¡Eso no es verdad! —exclama Pedro.

—Explíquese, entonces —dice el inspector.

—Hablamos en un par de ocasiones, nada más.

—¿Cómo os conocisteis?

—No recuerdo bien...alguien debió de presentarnos.

—Ya. Mala memoria, ¿verdad? —pregunta Mónica.

—No, es que uno conoce a mucha gente y...

—Pero Clara era muy joven y muy guapa —dice Hernán —de esas chicas que se recuerdan.

—Sí, pero nunca pasó nada, de verdad. Solamente hablamos.

—¿De qué hablaron?

—No sé, de tonterías. Nada importante.

—Bueno, eso lo decidiremos nosotros —dice Mónica.

—De clases, de lo que quería estudiar, de qué iba mi carrera...

—Usted estudia filosofía, ¿no? —pregunta Hernán.

—Así es. Estoy en el último año.

—Eso está bien. ¿Y hay trabajo de eso? —pregunta el inspector.

—No mucho, pero ahora trabajo no hay en general. Mi especialidad es la Cosmología, o bueno, eso me gustaría.

—¿Y eso de qué va? —pregunta el inspector.

—A rasgos generales, estudia el origen del Universo, la causas...

—El Universo... —dice Mónica, pensativa. —¿Y a Clara le gustaba todo eso? Seguro que para ligar, es una buena arma lo de contarle a una chica cosas sobre el Universo mientras contemplas con ella las estrellas, ¿no?

A Pedro se le hace un nudo en la garganta. Tienen que saberlo, sino ¿por qué ese interés en sus estudios? La pierna izquierda se mueve ahora a un ritmo vertiginoso y el joven se da cuenta, pero es incapaz de controlarla.

—No, bueno, no intentaba ligármela.

—Ya, pero si a Clara le gustaban las estrellas...¿no me digas que no se te pasó por la cabeza? —pregunta Mónica.

—No...yo.. —y el joven entonces se derrumba. Se echa a llorar con un llanto tan infantil que incomoda a los policías.

—Tranquilo, no pasa nada. Cuéntanos lo que sepas, será lo mejor —dice Mónica.

—La conocí...nos conocimos en una reunión —dice el joven intentando controlar el llanto —Era sobre constelaciones. No sé ni por qué me apunté. Una amiga me lo comentó y fuimos juntos. Fue una estupidez, un rollo de esos para comerte el coco. Cuando empezó el orador a hablar de la *Argo Navis* y no sé que tonterías más, desconecté. Me dio corte irme porque no había demasiada gente y yo... bueno, estaba en el medio de la sala, habría hecho levantar a todo el mundo. A la salida, literalmente tropecé con Clara y comenzamos a hablar. Me dijo que había venido con su padre.

—¿Su padre? —pregunta el inspector.

—Eso dijo, aunque yo no lo vi.

—¿Cuándo os volvisteis a ver? —pregunta la subinspectora.

—Intercambiamos los móviles y a la semana siguiente me llamó. Quedamos en un bar y charlamos un rato. Pero mire, cuando supe que tenía dieciséis años... paso de meterme en historias raras. La chica parecía maja y, sí —dice, mirando a Mónica —era muy guapa, pero yo quiero acabar la carrera y no tengo ganas de líos. Estudio con beca y no puedo permitirme el lujo de perderla, ¿saben?

—¿De qué hablaron la segunda vez? —pregunta el inspector.

—Del rollo de las constelaciones. Yo creo que estaba un poco obsesionada. De hecho, me enseñó un tatuaje en el que se veía escondida la *Argo Navis*. Me extrañó un poco, que una chica de su edad se hiciese algo así. Después, se puso en plan meloso y tal, y me disculpé diciendo que me esperaba mi novia. Se enfurruñó un poco al principio, pero, al final, me despidió con una sonrisa, en plan colegas. No volví a saber más de ella hasta...hasta ahora.

—Y esa reunión, conferencia o lo que fuese...¿quién la organizaba? —pregunta Hernán.

—Un grupo que se llama así, *Argo Navis*. Ya les he dicho que me pareció una solemne estupidez.

—¿Han intentado contactar contigo después? —pregunta Mónica.

—No, la verdad es que no.

—¿Volvió a hablar Clara de su padre la segunda vez que os visteis? —pregunta el inspector.

—No, ya les he dicho que estuvo un buen rato con el rollo de las estrellas. Me dijo que estaba harta de su madre, que no paraba de reñirla. Le dije que era normal a su edad. Pero de su padre, nada.

—Está bien, Pedro. Lo que nos has dicho puede servirnos para encontrar al que mató a Clara. El inspector Morales ya nos ha confirmado que tienes coartada para los días en que Clara desapareció, así que, en principio, no tendremos que molestarte más. Te pedimos, eso sí, que estés localizable por si necesitamos tu ayuda.

—Claro, por supuesto. ¿Saben? —dice levantándose— parecía una chica triste. No sé... no puedo explicarlo bien pero era algo que se notaba. Lo siento mucho por ella, de verdad. Ha sido un palo, aunque no la conociese bien.

Cuando se quedan solos, Mónica, pensativa, mira la puerta por donde acaba de desaparecer Pedro Haro.

—Pobre chaval, vaya susto llevaba en el cuerpo —dice Hernán, interrumpiendo los pensamientos de su compañera.

—No es de extrañar —contesta Mónica.

—A ver quién puede ayudar con esto de las constelaciones. Vamos a preguntar al inspector Morales —dice Hernán.

—Allá vamos, ¡qué remedio! —añade Mónica, levantándose de la silla.

El departamento de informática queda encargado de investigar al grupo *Argo Navis*. Mientras, Hernán y Mónica se acercan al piso de las León. Una cinta policial adorna la puerta del que fuese hogar de Clara y en el que ahora María tendrá que intentar recomponer su vida, si eso es posible. Es un piso modesto, de dos habitaciones; todo está ordenado y limpio. Mónica se ocupa del cuarto de Clara y Hernán echa un vistazo al resto de la casa. Nada interesante: la rutina de cada hogar, las fotos, los recuerdos, las cosas olvidadas en cajones.

Mónica se sienta en el borde de la cama que fue de Clara, la cama donde ya nunca más soñará o llorará, donde nunca más despertará pensado que ese día puede ser el mejor de su vida. Mónica siente sus propias lágrimas derramarse por una chica prácticamente desconocida, y sabe que es por ella, pero también por las demás, por todas las que por su negligencia quedaron en el camino. Se levanta y rebusca en cajones donde no encuentra nada que les pueda ayudar en la investigación, pero que ennegrecen aún más su alma. Su ropa cuidadosamente doblada, un papel arrugado con garabatos en el fondo del cajón, un paquete de tampones, una manualidad infantil que conservaría como recuerdo, donde un gato de lana miraba a una luna de papel de plata, y en la parte inferior, con letra infantil, se lee "Felicidades, mamá". Pasa la mano por los libros colocados en las estanterías, todos ellos con títulos para adolescentes. Los va cogiendo, uno a uno, y abriendo las páginas, hasta que, por fin, de uno de ellos cae una hoja. La recoge del suelo y la abre. En ella, aparece dibujada la

Argo Navis y, debajo, unas palabras: "Mía, nuestra. Juntos llegaremos hasta la Cólquide. Tú, mi Medea". Extrañada, Mónica guarda el papel en una bolsa de pruebas y continúa inspeccionando los libros, sin encontrar nada más. Echa un vistazo al armario y la ropa de Clara le envía el perfume de la muchacha. ¿Qué hará su madre cuando tenga que enfrentarse a la ausencia, cuando busque en esas prendas a su hija, sabiendo que nunca más la tendrá pero negándose a abandonarla? Mónica lo sabe: se volverá loca. Se siente desfallecer y se deja caer en el suelo. Allí la encuentra Hernán, que la ha llamado un par de veces y, asustado, se ha acercado a la habitación. Mónica está temblando y no responde a sus preguntas. El inspector se asusta, intenta decirle que va a llevarla al hospital. Entonces, Mónica reacciona y le pide, entre lágrimas, que la lleve al hotel, que no quiere ir al hospital. Asustado, Hernán la ayuda a bajar hasta el coche y conduce a más velocidad de la debida por el centro de la ciudad, hasta dar con el hotel. Entran en su habitación y la tumba sobre la cama. Intenta preguntarle qué le pasa, si necesita algo pero Mónica, de nuevo, cierra los ojos y no responde. Se sienta a su lado y espera. Al rato, Mónica se ha quedado dormida. Hernán permanece junto a ella, no va a dejarla sola ni un momento.

Cuando Mónica se despierta, no sabe bien dónde está. Mira su móvil, son las cuatro de la mañana. En una silla, con la cabeza echada hacia atrás y la boca abierta, Hernán duerme. Mónica se levanta despacio, intentado no hacer ruido. Tendrá que dejarle una nota, no vaya a ser que cuando se despierte y no la vea allí, se lleve un susto de muerte. En el bolso tiene bolígrafo y papel, así que de puntillas se acerca a cogerlo. En ese momento, Hernán despierta y la observa aún con el sueño pegándole las pestañas.

—¿Está mejor? —le pregunta.

—Sí, lo siento. No sé qué me ocurrió.

—Me ha dado un susto de muerte.

—Lo siento, de verdad.

—¿Qué hora es? —pregunta Hernán mirando su reloj —¡Joder, las cuatro!

—Sí, me voy a mi habitación. Perdone, de verdad.

—Está bien. Que descanse.

Y cuando Mónica sale por la puerta, Hernán, muy a su pesar, comienza a echarla de menos. *Estás perdido, chaval*, se dice antes de dormirse.

Mónica, al abrir la puerta de su cuarto, piensa que de buena gana se habría quedado en la cama del inspector. Tiene miedo a quedarse sola. Cierra tras de sí la puerta y se desnuda. Espera poder quedarse dormida en cuanto apoye la cabeza en la almohada. Deja la luz de la mesilla encendida, porque teme que la oscuridad se la lleve al mundo donde viven Víctor y sus víctimas. A pesar de las medidas tomadas, apenas cierra los ojos, otros azules la miran fijamente. Son los de Agnès, ocho años, delgada y atlética. Practicaba gimnasia y le encantaba pasear a su perro, siempre bajo la vigilante mirada de su madre. Un día esa mirada se perdió durante unos segundos, los que tardó en ir a coger el teléfono que en ese momento sonaba. La madre de Agnès cada día contemplaba con orgullo como su pequeña iba creciendo. Desde hacía unos meses, le permitía salir frente a la casa, a pasear al perro. Ella, desde la ventana de la cocina, no le quitaba ojo. Aquella maldita llamada, realizada por Víctor desde su móvil, la distrajo de su principal obligación: cuidar de la pequeña Agnès. La última vez que la vio, estaba sonriéndole. El padre de la niña se suicidó poco después. Mónica, durante el juicio, no tuvo valor para mirar a la cara a aquella mujer. Ni a ninguna de las otras madres que habían perdido a sus hijas a manos de su marido.

Abre los ojos pero la niña sigue sonriéndole, ahí, delante de ella, como un fantasma que viniera a pedirle explicaciones. Mónica se incorpora en la cama y enciende todas las luces. El ataque de ansiedad está avisando de su llegada. La respiración es cada vez más irregular, nota como el corazón galopa a toda prisa y la vista comienza a nublarse. Inspira hondo, varias veces, e intenta levantarse. Pero parece que le hayan atado piedras a las piernas, es incapaz de moverlas. Vuelve a inspirar y se va tranquilizando, *poco a poco, poco a poco*, se dice. Por fin consigue levantarse. Necesita agua, tiene la garganta tan seca que le arde. Enciende la luz del baño y allí está Víctor, esperándola, con su sonrisa de siempre, con el olor de su piel inundando la habitación. Le hace un gesto que siempre hacía cuando quería irse a la cama con ella: ladea la cabeza, a la izquierda, levemente, y levanta la comisura derecha de su boca en una tentadora sonrisa a la que nunca supo decir que no. Incluso ahora, muerta de miedo, podría rendirse a aquel hombre. *Esta muerto, Mónica*, se dice. De repente, la cara de Víctor desaparece y allí están las crías, con sus vientres abiertos, sus sexos quemados, sus pechos rebanados, y la sangre, por todos lados, llenando el espejo y derramándose hasta el lavabo y de allí al suelo. Consigue salir de la habitación y, sin pensar en nada más, aporrea la puerta del inspector. Cuando éste abre, entre dormido y sorprendido, Mónica se abraza a él y comienza a llorar.

Unos diez minutos después, Hernán ha conseguido deshacerse del abrazo de Mónica, sentarla en la cama y obligarla a beber un trago de whisky que ha encontrado en el mini-bar. Mónica, como un robot, sin dejar de llorar, obedece sus órdenes. Después, la acuesta en la cama y se sienta en la silla.

—Duerme conmigo, por favor. Duerme aquí conmigo —le pide entre sollozos.

Abrazándola, sintiéndose tan torpe como un adolescente la primera vez, Hernán termina por quedarse dormido cuando casi comienza a amanecer. Al despertar, el inspector tiene el cuerpo tan agarrotado que le parece imposible poder levantarse. Mónica se deshace del abrazo de Hernán y de las sábanas, y sin mirarlo murmura un gracias y deja la habitación. Hernán suspira y piensa que la vida es extraña, que las personas lo somos. Se da una vuelta en la cama, le da tiempo a dormir una hora más, pero el perfume de Mónica en las sábanas impide que vuelva a conciliar el sueño. *Una ducha fría, campeón, eso es lo que necesitas*, se dice mientras se levanta y se encamina al baño.

En el restaurante, Hernán encuentra a Mónica frente a una taza de café y una generosa porción de pastel de manzana. Se une a ella con otra taza y un par de tostadas.

—Buenos días —dice el inspector.

—Lo siento —dice Mónica y tras una pausa añade: —Me parece que esto no va a funcionar, si tengo que pasarme el día pidiéndole perdón.

—Para empezar, y teniendo en cuenta que, técnicamente, hemos dormido juntos, podíamos empezar a tutearnos, ¿no te parece?

—Supongo que sí, que después de lo de anoche, no cabe otra opción, inspector.

—Pues damos por zanjado el asunto. No hay perdones que valgan ahora que podemos hablarnos de tu.

—Gracias, de verdad.

—Un placer... quiero decir... bueno...

Mónica suelta una carcajada que hace volver la mirada a los pocos clientes madrugadores del hotel.

—Estamos en paz —dice entre risas la subinspectora.

—En paz —contesta Hernán, sonriendo.

En la comisaria el inspector Morales los recibe con grandes aspavientos.

—Hombre, queridos colegas, no les he vuelto a ver el pelo. Le llamé un par de veces la otra noche, para salir a cenar y enseñarles Sevilla, pero no pude contactar con usted, inspector.

—Sí, es que tengo que cambiar de móvil. Esta hecho una mierda —contesta Hernán ante la mirada sorprendida de Mónica.

—Pues si tienen tiempo más tarde...

—No lo creo —contesta Hernán —en cuanto acabemos aquí, salimos para Alicante. Este caso...ya sabe.

—Sí, sí, claro, el deber es lo primero. Los de informática tienen algunos datos sobre el grupo ese de las constelaciones. Vengan conmigo.

En la sala de informática, igual de impoluta que el resto del edificio, un grupo de unas veinte personas se afanan en sus respectivos ordenadores.

—Alex, por favor —dice el inspector Morales, llamando la atención de un joven con aspecto de no haberle dado el sol durante los últimos diez años. —El inspector Villanueva y la subinspectora Esteller. Él es Alex Fuentes, encargado del equipo.

—Buenos días —saludan Hernán y Mónica.

—Encantado. Vamos al despacho y allí les explico lo que hemos encontrado.

Lo siguen hasta un pequeño cuarto, amueblado con tan sólo una mesa y un armario, y les invita a sentarse.

—A ver, la *Argo Navis*... sí, aquí está — dice, rescatando una carpeta del armario.—Les he impreso toda la información que hemos recabado. En principio se trata de un grupo de esos que se denominan de ayuda. No tenemos ninguna denuncia sobre mala praxis, aunque normalmente a los que captan les tienen bien lavado el cerebro. Tiene que pasar un tiempo antes de que a alguno se le encienda una luz de alerta. Hay muchísimos grupos de este tipo en toda España, y en todo el mundo, la verdad, pero no a todos se les puede considerar delictivos. La mayor parte de ellos tienen buenas argucias y buenos abogados que les asesoran hasta donde pueden llegar. En el caso de *Argo Navis*, como en muchos otros, no existe una sede física donde poder acudir. Es, simplemente, un sitio web que capta a sus adeptos a través de las redes. Después, organizan conferencias en distintos puntos y, con respecto al caso en el que trabajan..., sí, hubo una en el mes de Febrero. El organizador se llama Maestro Jasón. Obviamente, no creo que sus padres le pusiesen ese nombre, pero no aparece ningún otro. El dueño del local donde realizaron la reunión es... un momento —dice mientras rebusca entre los papeles —sí, Juan Paredes. Aquí tienen la dirección. No hay información de los asistentes, debían de asistir sencillamente y abonar allí la entrada, así que no podemos asegurar que Clara León fuese uno de ellos.

—A partir de este momento, de todas formas, les andaremos tras los pasos. Ya hemos pasado la información a la Central en Madrid. Tienen un departamento dedicado exclusivamente a estos temas —añade el inspector...

—¿Hay alguna otra reunión organizada próximamente? —pregunta Mónica.

—Sí, en su web, tienen también anotada la dirección, anuncian una en Barcelona para el mes que viene. Pueden encontrar las fechas en la misma página —contesta el informático.

—Muchas gracias. Será de gran ayuda toda esta información —dice Hernán —. Ahora iremos a ver al tal Paredes ese, a ver si nos cuenta algo.

—Muy bien. A su disposición —dice Alex.

Salen del edificio tras escuchar las detalladas explicaciones del inspector Morales para llegar hasta la dirección de Juan Paredes, e insistiéndoles para que se queden a comer. Declinan la invitación y le agradecen su ayuda, despidiéndose, esperan que para siempre, del inspector.

Hernán siente la bocanada de aire espeso en cuanto deja el aire acondicionado del coche. Juan Paredes tiene su oficina en un polígono perdido de la mano de Dios. Caminan por calles desiertas, donde, debido a la calima, los edificios parecen tener vida. La temperatura debe superar los cuarenta grados y, a esas horas, no se escucha un ruido. Parece una ciudad fantasma. Siguiendo las indicaciones del inspector Morales, finalmente logran dar con el negocio de Paredes. Están empapados en sudor cuando llaman al timbre. El lugar está cerrado a cal y canto. *Es normal, con este calor no hay Dios que trabaje*, piensa Hernán. Mónica vuelve a llamar insistentemente. Si tienen que quedarse allí más tiempo, se va a poner enferma. Tras unos segundos, escuchan ruidos en el interior y una voz diciendo que esperen un momento. El hombre que les abre es un señor de unos sesenta años, calvo, con una prominente barriga y el ceño fruncido.

—Está cerrado —dice el dueño de *Construcción Paredes*, según reza el letrero de la puerta.

—Policía —dice Mónica, mostrando sus credenciales.

—¿Policía? ¿ha ocurrido algo? Mi mujer...

—No, tranquilo, no ha pasado nada —dice Hernán.

—Pasen, pasen —dice el hombre, ahora algo aturdido.

Entrar en la minúscula oficina es una bendición. El aire acondicionado funciona a su máxima potencia y Mónica siente un agradable escalofrío.

—¿Qué ocurre, entonces? —pregunta el hombre mientras se sienta en su silla y hace un gesto para que los policías lo imiten.

—Usted alquila locales, ¿verdad?

—Pues sí, señor. La construcción está de capa caída, ya sabe, y hay que sacar de donde sea.

—En el mes de Febrero, usted alquilo un local en la calle Eduardo Cano a un tal Maestro Jasón.

—Sí, menudo tío raro ese. Ahora, pagó al contado, así que, por mí, que vuelva cuando quiera. ¿Se ha metido en algún lío?

—¿Por qué dice eso? —pregunta Mónica.

—Es que era un pieza...menudas pintas llevaba. Bueno, cuando dio la conferencia, porque cuando vino a alquilar el local iba de lo más trajeado.

—¿Asistió a la conferencia? —pregunta el inspector.

—Sí, me invitó y, bueno, no tenía nada que hacer. Además, con el nombrecito y que me pareció raro, como demasiado educado, no sé explicarlo. Si viene uno de esos con pinta de pobretón, me pienso lo de alquilarle un local, pero este Maestro o lo que fuese...a pesar del dinero contante y sonante que me ofreció, no terminaba de darme buena espina, así que fui a ver qué se cocía por allí.

—¿Y qué le pareció? —pregunta Mónica.

—¿La conferencia? Un tostón, la verdad. No entendí ni la mitad, pero la gente parecía muy interesada. Para mí todo eso de las estrellas y el viaje hacia no sé dónde, me parecen gilipolleces.

—¿Le dejó alguna identificación al alquilar el local, una factura...? —pregunta Hernán.

—Mire, las cosas andan peor que mal. Con la subida del IVA y todo lo demás...no debería decírselo a ustedes, pero como el Maestro me pagó en mano, no hicimos factura. A él no le interesaba y a mí tampoco.

Hernán saca una foto de Clara León de la cartera.

—¿Conoce a esta chica? —pregunta.

—Estaba en la conferencia.

—¿La recuerda? —pregunta Mónica con asombro.

—Soy muy bueno para las caras, ¿sabe usted? Aunque vea a una persona una sola vez, ya no se me olvida —dice, orgulloso.

—¿Habló con ella? —pregunta Mónica.

—No, claro que no. Cuando acabó el rollo aquel, saludé al Maestro y esperé a que se fuese todo el mundo. Para cerrar y dejar todo en orden, ya sabe.

—La chica, ¿estaba con alguien? —pregunta Hernán.

—Puede ser. Había un señor a su lado, supongo que su padre. Intercambiaron algunas palabras pero no sé, quizá eran de cortesía y ni siquiera se conocían. Tampoco me fijé.

—¿Cómo era ese señor? —pregunta Mónica.

—Normal, pelo ya más bien ralo, de unos cincuenta y algo. La cara más bien redonda, llevaba gafas, piel morena. No tenía nada especial, la verdad. Oiga, yo no quiero meter en líos a nadie. Vuelvo a decirles que estaba sentado a su lado pero no sé....por cierto, ¿por qué tanto interés en la chica?

—La han asesinado —responde Hernán.

El hombre los mira atónito, se lleva las manos a la cara.

—¡Dios mío! Pobre hija, pero si era una cría. Y, ¿cómo...?

—Secreto de sumario, compréndalo. Estamos investigando su muerte —contesta el inspector.

—Ojalá pudiera ayudarles más pero es todo lo que sé. Entonces, ¿ese Maestro...?

—No sabemos nada y le rogamos que esta conversación se quede aquí. Podría poner en peligro la investigación.

—Por supuesto, de mi boca no sale ni una palabra, se lo aseguro.

—Por último, ¿podría darnos su número de móvil? Quizá tengamos que llamarle de nuevo —dice Mónica.

—Claro, faltaba más. ¡Pobre muchacha! ¡Qué de cabrones andan sueltos! —dice mientras coge su móvil y busca el número.

—Sin cobertura, me supongo, porque no está operativo —dice dejando el móvil sobre la mesa del bar donde han parado a comer tras la visita a Paredes. A su lado, un par de cañas y dos menús. Echan un vistazo rápido y, pronto, se deciden por un gazpacho y un solomillo.

—Lo de anoche...—comienza Mónica.

—Si no quieres contármelo, no pasa nada.

—No es eso, es que me avergüenza no poder controlarme.

—Cada uno tiene sus historias, Mónica. Y las cuenta a quien le apetece y cuando le apetece. De verdad, no te sientas obligada.

—Gracias, inspector. Quiero volver a casa, ¿sabes? Aquí me ahogo.

—Yo creí que nunca diría esto, pero también echo de menos la isla.

—¿Te quedarás mucho tiempo? —pregunta la subinspectora, mirándolo a los ojos. Hernán se siente turbado ante esa mirada tan verde.

—Supongo que hasta que se cierre el caso. Aunque no sé, estaban muy enfadados conmigo. Historias, Mónica, ¿lo ves? Cada uno tenemos las nuestras.

—Este caso...pensé que nunca más tendría que enfrentarme a esto. El traslado a Tabarca ha sido como un sueño.

—Pero Mónica, ¿crees que aguantarás así para siempre? Quiero decir, la adrenalina, el buscar, el conseguir desenmarañar un caso. Es adictivo. Quedarte para siempre en una isla tan pequeña, donde lo peor que puede pasar es que a alguien le de un ataque de claustrofobia...no sé, no es para mí.

—Si te soy sincera, tampoco lo sé. Estas semanas me han hecho pensar. Y eso no es bueno, inspector.

En ese momento llegan las viandas, que ambos atacan con ganas y en silencio, que es interrumpido por el zumbido del móvil del inspector.

—¿Raúl? Ya era hora

—Señor, no tenía cobertura.

—¿Novedades?

—No muchas. No tenemos resultados todavía. María sigue en cama, no ha vuelto a levantarse. Eso me ha dicho su hermana. De hecho, el cuerpo de Clara sigue en la nevera porque no saben dónde enterrarla. Elena, la hermana, dice que supone que en Sevilla, pero María ha dicho que no piensa meter a su hija bajo tierra. Esto es un desastre.

—Vamos para allá, Raúl. Aquí hemos descubierto algunas cosillas. De hecho, ponte con esta página...tres uves dobles, punto, argonavis, punto, com. Comprueba las fechas de la siguiente conferencia que vayan a dar, ¿de acuerdo?

—Oído, jefe.

—Y consigue, como sea, una foto del padre de Clara. Mira a ver si la hermana tiene alguna.

—Bien. ¿A qué hora llegarán?

—Tarde. Salimos ahora para el aeropuerto. El vuelo saldrá a las ocho. Por favor, otra cosa, llama a Alicante y diles la hora de llegada. Que nos vayan a buscar y a ver si es posible que nos acerquen hasta Tabarca.

—Bien, inspector. Estoy deseando que vuelvan, no se crean. Buen viaje.

—Gracias, Raúl.

El vuelo de vuelta a Sevilla no tiene nada que ver con el que habían hecho hacía un par de días. Durante todo el trayecto, Mónica y Hernán repasaron el caso e incluso hablaron de cosas más personales, sin exceder nunca ciertos límites. Hernán descendió del avión con una gran sonrisa. El mismo joven que les había llevado al aeropuerto ahora les esperaba para devolverles a lo que Mónica llamaba su casa. Él mismo manejaría la barca para trasladarles a Tabarca.

El mar, negro y tranquilo, la brisa fresca que en nada se parecía a las rachas de calor sevillano, hacen pensar a Hernán que quizá Mónica no ande desencaminada, y que aquel lugar pueda convertirse en un paraíso. A lo lejos, la plana silueta de la isla, apenas iluminada, les da la bienvenida. El inspector observa a Mónica que, a través de la ventanilla, no deja de contemplar el paisaje. Cuando la tierra parece estar al alcance de la mano, sus ojos brillan, sonríe para sí y no puede evitar envidiarla.

Se despiden a la puerta del hotel que se ha unido al silencio del lugar. Ramón hace tiempo que se fue a descansar y los clientes duermen todos en sus habitaciones. Mónica susurra un "hasta mañana" y Hernán en ese instante desea besarla. En cambio, le devuelve un "adiós" y, sin mirar atrás, abre la puerta de entrada y, con paso cansado, sube hasta su habitación. Cuando cierra la puerta tras de sí, se da cuenta de que las cosas han cambiado. Y eso no es buena señal, nunca lo ha sido en su caso.

CAPÍTULO 15

María ve amanecer desde la cama, como cada uno de los últimos días desde que subió al cementerio. Seguramente, no debió ir hasta allí, no debió de abrir la nevera, no debió de ver lo que dicen que es su hija. Esa no era Clara, no puede serlo. En el fondo de su alma, sabe que está equivocada. Por eso no ha querido volver al mundo. Prefiere acurrucarse entre las sábanas y llorar hasta que no le queden lágrimas. Elena se ha enfadado con ella pero, ¿a quién le importa? Siempre ha sido cortante y brusca, toda la vida, desde que eran pequeñas. Entiende que se preocupa pero debería, simplemente, sentarse a su lado, abrazarla, dejarla llorar entre sus brazos en vez de darle órdenes y no parar de decirle que la vida continúa. ¿Qué sabrá ella? ¿Acaso tiene un hijo metido en una caja, con la piel hecha jirones, con el cuerpo comido por los animales? Ha deseado estos días que en vez de Clara estuvieran en su lugar Marta o Luis, o cualquier crío de esta maldita isla. Ni siquiera se arrepiente por pensar tales cosas; simplemente, la vida está siendo injusta con ella. Y, básicamente, no cree que pueda soportar este dolor durante mucho tiempo. Los escasos momentos en los que duerme, cuando ya el cerebro no aguanta más en pie, tiene pesadillas en las que Clara muere una y otra vez. Solamente en una ocasión ha soñado con que Clara estaba viva y no fue más que un mal sueño. De hecho, fue incluso peor, porque al despertar la realidad la abofeteó sin compasión. Le gustaría morirse ahora mismo, pero antes de hacerlo quiere ver la cara del que mató a su niña. Si tiene ocasión, le hará tanto daño como pueda.

Escucha pisadas en las escaleras. Es Roberto que le trae el desayuno. Al menos su cuñado no intenta convencerla de que tiene que superarlo. En silencio, y con una sonrisa que agradece, le pone la bandeja junto a la cama, le pregunta si está bien y se va. Hasta para eso ha tenido suerte su hermana. En cambio, ella eligió al peor de los maridos, un capullo que las abandonó a la menor de cambio. Elena no sabe lo que tiene, siempre se está quejando, siempre de mal humor. Los críos, pobrecitos, el curso entero en un internado porque la señora no tiene tiempo de dedicarles parte de su tiempo. Siempre tan ocupada con su trabajo, sus viajes, sus estupideces. Luis y Marta han crecido entre extraños y se han convertido en dos niños aburridos y faltos de cariño. Y en cuanto a Roberto, el hombre siempre tan enamorado de Elena que no pone objeción alguna a lo que ella diga. Y a ella, que tanta falta le hacía su hija, ¿por qué ha tenido que pasarle esto?

Se ha quedado traspuesta y el sonido de voces en el salón le llega como si formara parte del sueño. Pero no está soñando, las voces son reales. Escucha de nuevo pasos en la escalera. Reconoce el contundente caminar de su hermana, que abre despacio la puerta y se acerca a la cama.

—María, ¿estás despierta?

María no contesta, mantiene los ojos cerrados con la vaga esperanza de que Elena desaparezca.

—Venga, tienes que levantarte —insiste la hermana.

—No, no tengo ganas —contesta por fin abriendo los ojos.

—El inspector y Mónica están abajo. Quieren hablar contigo.

—No tengo nada que decirles. Ya les conté lo que sabía. Y lo del cementerio...

—No están aquí por eso. Acaban de llegar de Sevilla y tienen que preguntarte algunas cosas. Me parece que sobre el padre de Clara. María, ¿lo has vuelto a ver?

—Pero, ¿qué dices? Claro que no, Elena. Ni siquiera sé donde está.

—Lo siento, María, pero han insistido. He intentado decirles que no estás en condiciones, pero no se dan por vencidos.

María se incorpora en la cama. Duda si levantarse o echar también de su casa a los policías. La verdad es que ni ellos ni nadie podrán devolverle a Clara. Sin embargo, aún siente que le debe algo a su hija, que no puede volver a fallarle. Además, una vez que encuentre al que la destrozó y se encargue de él, podrá descansar, podrá reunirse con su niña.

—Está bien, diles que esperen. Tengo que darme una ducha.

—Gracias a Dios, María, que entras en razón.

Elena baja a avisar a los policías de que María estará con ellos en un rato. Les invita a café, que declinan, y se sientan a hablar sobre Clara. Elena se explaya hablando de lo maravillosa que era su sobrina, de cuanto la quería, *como si fuera mi hija*, dice dejando derramar unas lágrimas que a Mónica le parecen bastante falsas. María aparece, de pronto, en lo alto de la escalera, sobresaltando al trío que no la había oído llegar. Se la ve pálida, con bolsas oscuras bajo sus ojos y en éstos la tristeza de quien ha perdido la esperanza.

—Buenas tardes —dice.

—Buenas tardes —contestan los policías.

—¿Qué quieren?

—Sentimos molestarla, María...—comienza a decir Mónica.

—Díganme qué quieren.

—¿Podemos hablar en privado? —pregunta Hernán.

—Mi hermana puede escuchar lo que tenga que decir —contesta María.

—Preferiríamos hablar solamente con usted —dice el inspector.

—Por mí no se preocupen. Iba a acercarme a la playa un rato. He quedado con mi marido —contesta Elena visiblemente enojada.

Cuando se quedan a solas, el inspector pone a la señora León al corriente de lo sucedido en Sevilla.

—¿Su padre? —pregunta María, extrañada.

—Eso nos dijo el joven que estuvo con Clara. ¿Podría encajar la descripción que nos dieron con él?

—No lo sé, hace tantos años...Podría ser, pero podría ser cualquiera. Cuando estábamos casados no llevaba gafas, pero...la piel morena sí encajaría, aunque no tenía la cara demasiado redonda. Yo no sé...estoy confundida —dice la mujer tapándose la cara.

—Está bien, María, no se preocupe. Teníamos que venir a contárselo.

—¿Y todo eso de las constelaciones? Jamás la oí decir nada de eso...yo...me doy cuenta de que no conocía a mi hija en absoluto. Y ahora ya no tendré la oportunidad...—añade e inmediatamente el llanto se apodera de ella. Poco a poco, la calma vuelve y la mujer comienza a serenarse.

Mónica le describe la nota que encontró entre uno de los libros de Clara, pero la señora León no sabe a qué puede referirse, o quién pudo escribirla.

—Tengo que pedirles disculpas por lo que hice.

—No diga nada. Es comprensible —dice el inspector. —Raúl logró serenar al juez y todo está en orden. No van a decirle nada...

—No tuve que haberlo hecho. Aquella no me pareció Clara, ¿saben? Es imposible que fuese ella —y su mirada se pierde en algún punto que ni Mónica ni Hernán son capaces de ver.

Para intentar zanjar el tema, Hernán continúa hablando.

—Si logra recordar algo más del padre de Clara, de su paradero, por favor, avísenos. Por cierto, ¿tiene alguna foto de él?

—Sí, creo que hay una en mi habitación. Clara siempre me decía que la tirase, pero Jorge fue parte de mi vida, y el padre de mi hija.

—¿Podríamos...? —pregunta Mónica.

—Claro, ahora mismo la bajo.

—Se la devolveremos pronto.

—No importa. Encuentren a quién se llevó a Clara, por favor —dice la mujer con las lágrimas de nuevo inundando sus ojos.

Ya en el despacho, Mónica escanea la fotografía de Jorge Redondo. Un tipo atractivo, con una bonita sonrisa, aparece junto a una niña que no puede ser otra que Clara León. Los mismos ojos negros, idéntico cabello dorado y sus pecas adornando la pequeña nariz. No hay duda de que se trata de la misma persona. Mónica adjunta el archivo escaneado y lo envía al inspector Morales con instrucciones para que Pedro Haro y Juan Paredes las vean, por si reconocen a ese hombre entre los asistentes a la reunión de *Argo Navis*. Raúl, en el otro ordenador, continúa buscando pistas sobre el grupo. La próxima reunión en Barcelona tendrá lugar el día 15 de Julio, así que ya se ha puesto en contacto con la comisaría de la ciudad para que alguien asista a la conferencia, adjuntando a la petición una copia de la fotografía de Jorge Redondo.

En ese momento entra el inspector que viene del puerto y los restaurantes donde, con la foto en mano, ha ido a preguntar si alguien vio a ese hombre en las fechas en que desapareció Clara.

—Nada, nadie lo ha visto —dice al entrar.

—Tenemos que seguir la pista de la familia —dice Mónica —. En la guía hay unos Redondo viviendo en Zaragoza y Madrid. Empezaré a llamar, a ver si hay suerte.

—Te ayudo —dice Raúl, y Mónica le pasa una hoja con datos telefónicos.

—No avanzamos —dice Hernán —¿Quién pudo llevarse a Clara sin que nadie se enterase? No presentaba signos de lucha, así que quien fuese el que se la llevó debía de conocerla.

—O simplemente se confió —añade Mónica. —En esta isla la gente es confiada por naturaleza.

—Pero si mantuvo relaciones sexuales...

—Eso aún no lo sabemos. Ni si fueron consentidas o post-mortem —añade Mónica.

—Sí, tienes razón, son especulaciones. Pero es que estoy hasta el gorro de esperar. Y de no poder tirar por ningún lado.

Raúl mira de reojo a sus compañeros. No le ha pasado inadvertido el tuteo. Desde que llegaron de Sevilla, se ha dado cuenta que la relación ha cambiado. *Mucho mejor, menos discusiones*, piensa mientras teclea.

La tarde comienza a oscurecer y las bombillas del pequeño pueblo se encienden dando la bienvenida a los que han decidido quedarse a disfrutar de las fiestas. Los banderines de colores pueblan la isla, y las verbenas, los gritos de los niños que ahora no tienen horario para irse a la cama, rompen la habitual tranquilidad. *En una semana se habrá acabado*, piensa Hernán mientras suspira. Extraña el silencio que antes de llegar a Tabarca nunca había tenido.

María, desde la cama, contempla entre lágrimas los fuegos artificiales de esa noche de verano, y echa aún más de menos a Clara, si eso es posible. Vuelve a verla apretando temerosa su mano, cuando era una niña, con sus preciosos ojos negros abiertos como platos ante el espectáculo. Y su risa y sus palmadas cuando todo había acabado. Recuerda, años más tarde, el olor a vainilla de la crema que siempre se ponía tras la ducha; el vestido corto que a María le parecía demasiado corto, los primeros tacones, la belleza de una muchacha en la flor de la vida. Recuerda su sonrisa cuando le tiraba un beso al aire para después perderla entre amigos, experiencias; para dejársela a la vida cuando María habría querido volver a cogerla de la mano, no perderla nunca de vista.

Los fuegos caen del cielo para desvanecerse en el mar, envolviendo la diminuta isla en una cúpula de colores y luces. Mónica, sentada en su terraza, los contempla con una sonrisa. Le recuerdan a su niñez, ahora tan lejana, cuando sus padres la llevaban a ver los fuegos en las playas de Sitges. Solían veranear en casa de su tía y recuerda aquellos años como los más felices de su vida. Enciende un cigarrillo, le da una profunda calada, y, de repente, siente un escalofrío. En el horizonte, las formas que dibujan los cohetes se alinean para conformar rostros, de nuevo los mismos. Esta vez es Llora, la más pequeña de todas. Con tan sólo seis años encontró la peor de las muertes. Sobre el cielo, Mónica distingue claramente la trenza de pelo negro atada con gomas de colores; la tez pálida y pecosa adornada con unos enormes ojos color miel. Su padre cuidaba de ella cuando Víctor se la llevó. Esa tarde le tocaba a él sacar a la niña al parque y, aunque con pocas ganas porque tenía mucho trabajo, la enfundó en su parka y sus botas de agua y se fueron hasta el parque más cercano, donde la niña solía jugar con sus amigos. Cuando llegaron, aún no había nadie y a Lluis le tocó columpiar a Llora, esperarla al final del tobogán y meter alguna palada de tierra en su cubo. Al cabo de un rato, el padre, algo cansado, propuso a la niña volver a casa. Sus amigos ya no vendrían. El cielo comenzaba a cubrirse de un gris plomizo que prometía lluvia. Llora comenzó a enfurruscarse, *con mamá estamos muuuucho más rato,* gritaba la niña. Al final, echando una última ojeada al cielo y calculando que podían tener una media hora más de tregua, cedió. Llora entonces dijo que quería jugar al escondite. El viento soplaba frío, haciendo al hombre estremecerse. *Vale, pero sólo un ratito. Mira,* dijo señalando al cielo, *va a llover.* Y Lluis, apoyado contra un árbol, comenzó a contar hasta diez, lentamente, dando tiempo a que su hija buscara un buen lugar donde esconderse. Cuando terminó de contar y anunció que iba tras ella, pequeñas gotas de agua comenzaron a caer. *Calculé mal,* pensó. Buscó a Llora tras el tobogán, en la pequeña casa de madera, detrás de la fuente y, cuando ya empezaba a preocuparse, comenzó a llamarla a gritos: *¡Llora, sal que nos tenemos que ir!. Ha empezado a llover. ¡Llora! Si llegamos mojados, mamá nos mata.* Junto al parque, un pequeño bosque se extendía ante los ojos de Lluis que se negaba a sopesar la posibilidad de que su hija se hubiera ido hasta allí. A Llora le daba miedo aquel lugar. Cuando, a veces, habían querido pasear entre los árboles, Llora les pedía que no lo hiciesen y, si insistían, la niña se agarraba fuertemente de la mano de ambos. Era imposible que se hubiera escondido allí. Buscó y rebuscó, y cuando tuvo que darse por vencido y llamar a su mujer primero y a la policía después, la lluvia lo había calado hasta los huesos.

Encontraron el cuerpo de Llora muy lejos de aquel parque y de aquel bosque. En una pequeña cala, a cincuenta kilómetros de Barcelona. Aún mantenía sus botas de agua amarillas con flores azules, así como la parka azul. Los pantalones habían desaparecido y su ropa interior con dibujos de *Hello Kitty* estaba junto a ella, sucia de sangre y heces.

Mónica entra en casa y busca una botella de vino. Siempre hay alguna en la nevera. El calor del primer trago que baja por su cuerpo la tranquiliza. Cuando la termine, quizá tenga suerte y deje de recordar. Intenta controlarse, pensar que ahora tiene un caso, que tiene que parar de beber. Están Clara y su madre, y todas esas personas que necesitan su ayuda. Pero, al mismo tiempo, Víctor vuelve a rodearla con sus brazos, a acariciar su vientre lleno de Pau, a decirle al oído que nunca ha querido a nadie como la quiere a ella. Y después, sus crímenes, su locura, la maldad que no anticipó y que tuvo un alto precio, el más alto: la vida de cinco niñas que siempre pesarán sobre sus espaldas. El alcohol actúa como el mejor sedante cuando Mónica es incapaz de conducir su mente a un lugar seguro, pero esta noche mira la botella y comprende que ni todo el vino del mundo podrá acallar a sus demonios. La tira al fregadero y estalla en mil pedazos que saltan por toda la cocina. Se va al dormitorio y se acurruca entre las sábanas. Quizá, con un poco de esfuerzo, consiga dormir. Pero Llora vuelve a visitarla, esta vez acompañada de sus padres. Recuerda la angustia del padre cuando, en el juicio, tuvo que declarar. Y no solamente era angustia lo que tenía aquel hombre, sino un profundo sentimiento de culpabilidad. A Mónica le habría gustado acercarse a él, pedirle perdón, hacerle ver que había sido bueno con su pequeña, que la culpa era de Víctor. Y suya. Pero no se atrevió. Lo vio marcharse de la sala, acompañado de su mujer, los dos con la cabeza baja, como fantasmas que ya no tuviesen nada que hacer en este mundo.

Llora le sonríe sentada en el borde de la cama y canta una canción que Mónica conoce de su niñez,

La lluna, la pruna,
Vestida de dol,
Sa mare la crida,
Son pare no ho vol.

La lluna, la pruna
i el sol matiner,
sa mare la crida,
son pare també.

Se tapa los oídos y se cubre la cabeza con la sábana, pero aún así la canción se cuela hasta su cerebro, erizándole el vello de la nuca. Quiere gritar, pero el sonido no pasa de su garganta; tiene escalofríos, y al final le pide a Llora que se calle. La niña, sin dejar de sonreír, continúa cantando. Mónica siente como la pequeña mano de la cría se acerca hasta ella y retira la sábana. Cada vez más cerca, Llora acaricia la mejilla mojada de Mónica y ésta, entonces sí, comienza a gritar.

Cuando ya la pequeña ha desaparecido y su cuerpo ha dejado de temblar, Mónica coge el teléfono y comienza a marcar el móvil de Hernán. *¿Qué estoy haciendo?*, se pregunta e inmediatamente cuelga. Se tumba en la cama de nuevo, se tapa otra vez con las sábanas y ruega que la dejen en paz. Hasta ahora, cuando los ataques de pánico eran muy fuertes, había llamado a Raúl, pero esta noche ha sido a Hernán a quien necesitaba. No debió de pasar aquella noche con él. Es su jefe, se irá en cuanto liberen sus cadenas y, además, ella no tiene nada que ofrecer. Está hecha de trocitos que ha ido recogiendo, que aún ni siquiera casan del todo. Pero es incapaz de olvidar sus manos abrazándola, torpes al principio, fuertes cuando los nervios lo abandonaron. Se había sentido otra vez como una niña, protegida, a salvo de crías muertas y de maridos asesinos. Se da la vuelta en la cama. Desde esa posición, ve la luna. Está en cuarto menguante, fina como una navaja afilada. Le gusta la manera en que el inspector ladea la cabeza cuando estudia los informes, y esa continua costumbre de morderse el labio inferior. Le gusta su cuerpo, su voz grave y esa mirada triste que no es capaz de ocultar ni cuando ríe. *¡Joder, qué mierda!¡qué puta mierda!,* murmura. Vuelve a levantarse, no va a poder dormir, así que sale a esperar el amanecer en la terraza. Enciende un cigarrillo y piensa que la vida podría ser algo más fácil.

Hernán ha contemplado los fuegos artificiales desde la terraza, donde Ramón y él han compartido un último café, charlando de las pequeñas cosas de la vida. Esos momentos para el inspector son impagables. En su "vida normal", como ha dado en llamarla, no tiene tiempo para hacer un descanso, para hablar tranquilamente con un amigo como ahora hace con el recepcionista. De hecho, puede que no tenga ningún amigo de verdad. En los últimos tiempos, Blanca era toda su vida. Ella y el trabajo, nada más. A veces quedaban con viejos colegas para tomar unas copas, pero enseguida anhelaban volver a estar solos, así que las veladas nunca se alargaban. Era lógico, pues, que aquellos amigos se hubieran olvidado de él. Posiblemente, alguno ni se habría enterado de que Blanca había desaparecido en brazos de un viejo muerto de hambre que le prometió el mundo. A Hernán le costaba entender cómo había podido hacerlo. No se lo ocultó, según ella, simplemente sucedió. Se había enamorado locamente, *como nunca lo he estado, Hernán. Espero que tu también encuentres al amor de tu vid*a, le dijo antes de irse. *El amor de mi vida eres tú,* contestó Hernán al vacío, cuando Blanca ya bajaba las escaleras hacia esa libertad prometida. Aún ahora, habría dado media vida por estar sentado en la playa con ella, viendo los fuegos danzar sobre sus cabezas. Aunque en las últimas semanas, la tristeza había ido dejando paso a un hilo de esperanza, sabía que aún le faltaba camino por recorrer. Se despide de Ramón, ya es muy tarde, y al día siguiente hay que madrugar.

Ya en la cama, intenta pensar en Blanca pero las imágenes de Mónica tumbada a su lado, respirando tranquila entre sus brazos, se lo impiden. Aún está confuso; no quiere saber nada de mujeres, eso lo tiene claro. Aún le duele demasiado Blanca como para volver a pensar en la posibilidad de sufrir una vez más. Si tiene que evitar cualquier tentación, lo hará, y desde luego, Mónica lo es. Apaga la luz y le parece sentir de nuevo su cuerpo junto a él: sus caderas rotundas, su piel bronceada, sus manos perfectas para acariciar. *¡Basta ya, idiota! ¿No has tenido bastante?*, piensa mientras se abraza a la almohada y se obliga a dormir.

La isla ya descansa tranquila de luces y olor a azufre. La música se acalló hace rato y los turistas y locales volvieron a dormir, al menos, durante un rato. El mar se acerca sigiloso hasta las rocas para marcharse de inmediato, meciendo las barcas y lo pequeños veleros cercanos a la orilla. En sus entrañas, las corrientes desplazan objetos extraños que los hombres han ido olvidando en sus aguas. El móvil de Clara danza entre ellos.

Capítulo 16

Paula espera frente a la puerta del puesto de policía desde el amanecer. Mónica y Raúl volvieron a llamarla para preguntarle por el tatuaje de Clara y las constelaciones. Ella no se había dado cuenta del mapa astral oculto, y Clara nunca le dijo nada. Ha entrado en la página de *Argo Navis*, pero no ha conseguido ver en ella ninguna relación con su amiga. Lo que la ha traído hasta el puesto no ha sido el tatuaje, sino las voces de Nerea, su hermana pequeña. Esa misma noche ha despertado a todos con sus gritos mientras soñaba. Y Paula pudo distinguir sus palabras, *¡no le hagas daño! ¡Clara, Clara, ten cuidado!*, gritaba Nerea en su cama, *te prometo que no voy a decir nada, no me mates, por favor.* Su madre había conseguido despertarla con mucho esfuerzo y calmarla metiéndola en su cama. Pero Paula ya no había podido dormir. Nerea llevaba tiempo comportándose de una manera extraña, pero Paula había pensado que se debía al trauma de saber que Clara había sido asesinada. Todos estaban nerviosos, y Nerea era aún demasiado pequeña como para enfrentarse a la muerte. Paula no se había portado demasiado bien con ella, la había reñido cuando se negaba a salir sola de casa, o cuando se le colaba en su cuarto si estaban las dos solas en casa. Y ahora creía que la niña sabía algo. Quizá había visto a alguien aquel día. Tenía que decírselo a la policía. No quería preocupar a su madre y posiblemente todo fuese una tontería. Mónica y el inspector le dirían qué hacer.

Raúl llega primero y se sorprende al ver allí a Paula. La invita a entrar y a sentarse.

—¿Cómo a estas horas por aquí, Paula? ¿Alguna novedad?

—No, sí, bueno, no estoy segura —y le cuenta a Raúl lo que ha ocurrido.

—Será mejor que esperemos al inspector y a Mónica, ¿te parece?

—Sí, claro.

Al poco rato, llegan los policías. Al verlos entrar juntos, Raúl enarca una ceja.

—Hola Paula —dice Mónica, que luce unas importantes ojeras oscuras.

—Hola Mónica.

—¿Ha ocurrido algo? —pregunta el inspector.

Y, como a Raúl, les cuenta la noche que ha pasado su hermana y lo rara que ha estado desde que Clara desapareció.

—¿Y crees que pudo ver algo? —pregunta Mónica.

—No lo sé. No le había dado mucha importancia a sus lloriqueos y al miedo que tenía, pero...

—Posiblemente sólo fue un sueño. Estará intranquila por todo esto —dice el inspector.

—Sí, seguramente, pero quería decírselo por si acaso. Le preguntaré a ver si me dice algo, pero puede que vosotros... sois polis, ¿no?

—Sí, Paula, pero hay que ir con pies de plomo con estos niños tan pequeños. Realidad y fantasía son todo uno para ellos —dice Mónica. —¿Cuándo crees que podemos pasar a verla?

—No lo sé. ¿Y si le pregunto esta mañana yo? Si aparecéis por allí, puede asustarse.

—Está bien. Por la tarde iremos a tu casa. Si sabes algo antes, ven por aquí. Lo más rápido posible, por favor —dice el inspector.

Paula se va más tranquila, sabiendo lo que tiene que hacer.

—Seguramente está histérica, la pobre —dice Mónica.

—Pobre cría, es muy pequeña.

—Es raro que si sabe algo no lo haya dicho. Aunque tenga miedo, seguramente le habría contado algo a Paula o a su madre —dice Raúl.

—Tu eres el que más sabes de esto, ¿no? Aquí los demás no hemos tenido el placer de ser padres —dice el inspector.

Mónica se levanta como un resorte y se va dando un portazo. Hernán, atónito, mira a Raúl.

—¿He dicho algo malo? —pregunta.

—Horrible, diría yo —contesta Raúl.

—Joder, ¿qué pasa, que no ha podido ser madre o...?

—Su marido mató a su hijo y después se suicidó. No le gusta hablar de ello.

—¡Hostias! Me cagüen la leche. Soy un bocazas.

—No tenía por qué saberlo, inspector.

Hernán sale a buscar a la subinspectora, y la encuentra sentada en un banco del parque. Las palmeras mantienen en sombra el lugar, haciéndolo medianamente respirable.

—Yo... lo siento, no sabía...

—No importa —contesta Mónica —no es algo que vaya contando por ahí a todo el mundo.

—De veras que lo siento. Tendría que tener la boca cerrada más a menudo —dice el inspector.

—Seguramente —contesta Mónica, con un amago de sonrisa en los labios. —Son cosas que pasan, ¿no decías eso el otro día? Cada uno tenemos las nuestras.

—Ya, pero...

—Sí, algunas son tan difíciles de creer que dan miedo, ¿verdad?

El inspector no responde, tan solo observa el perfil de Mónica. El pelo le cae sobre la mitad de la cara, dejando ver solamente una parte de su nariz. Le gustaría abrazarla como hizo en el hotel.

—Me voy a quedar un rato aquí, ¿vale? Necesito estar sola. Y acepto las disculpas, inspector.

Hernán vuelve al puesto añorando a esa Mónica que, en realidad, no conoce.

El teléfono del puesto suena mientras Raúl y Hernán comprueban el listado de teléfonos a los que Mónica ha ido llamando para intentar localizar a la familia del padre de Clara, de momento sin éxito. Descuelga Raúl que, enseguida, pasa el aparato al inspector.

—Buenas, inspector —suena la cantarina voz de la doctora Millán. —¿Cómo va todo?

—Bueno, alguna pista más, pero poca cosa. Eso sí, le agradezco de nuevo que descifrara el tatuaje. Es de ese hilo del que de momento estamos tirando.

—Me alegro, inspector. Le llamo porque hemos recibido los resultados de las pruebas de ADN. Desde luego, se han puesto las pilas, lo han hecho en tiempo record. Me parece que el doctor Recio ha tenido algo que ver.

—Pues dele las gracias de mi parte. ¿Qué tal está?

—Supongo que estupendamente. Nadando entre tiburones.

—Entonces, pudo coger vacaciones.

—Sí, las necesitaba el pobre hombre. Le envío los resultados por correo electrónico, pero le adelanto que en el ADN tomado del pelo que recogimos del biquini de la chica, aparecen coincidencias.

—¿Cómo?

—Tiene que corresponder con alguien de su familia. No de un familiar directo, pero...

—Vaya, entonces, ¿el padre...?

—No, del padre no son. Quizá algún primo o tío lejano. Por supuesto, el inglés, ese tal Mitch, queda descartado.

—Muchas gracias, doctora Millán.

—A mandar. Si necesita algo, aún me quedan días hasta las vacaciones. Por cierto, ¿qué tal la isla?

—Un poco menos tranquila que cuando usted vino. Estamos en fiestas.

—Esperaré a que acabe el barullo para hacer una visita.

—Bienvenida será.

—Hasta pronto, inspector.

Mitch está tumbado en su hamaca, leyendo un libro en el que apenas puede concentrarse. Sus hijos llegarán la semana siguiente y, a la espera, se suman los nervios del caso de la muchacha. Como no logren apartarlo del caso, la pesadilla volverá a su vida y, posiblemente, tendrá que irse de esta isla que tanto ama. Con tan pocos habitantes, ni siquiera Fermín podrá aceptar que Mitch pueda no tener algo que ver con el asesinato. Se levanta a por un refresco, tiene la boca seca, y, en ese instante, suena el timbre de la puerta. El corazón se le acelera sin motivo. Sabe que no ha hecho nada, pero entonces tampoco lo hizo y poco faltó para que acabara en prisión. Abre la puerta y allí están los policías.

—Entren, por favor. Iba a tomar un refresco. ¿Quieren algo?

—No, gracias —dice Mónica.

—No, yo tampoco. Venimos a comunicarle los resultados de las pruebas de ADN. No se ha encontrado nada que pueda relacionarlo con el crimen...

—*Oh, God*! —dice el inglés.

—Pero le rogamos que no salga de la isla en los próximos días, ¿de acuerdo?

—Tengo que ir a buscar a mis hijos el lunes que viene. Los recojo en Alicante.

—Está bien, pero por favor, esté localizable.

—No se preocupe. ¿Saben algo más de...del asesinato?

—De momento, continúa la investigación.

—Gracias, de verdad, muchas gracias por venir a decírmelo. No saben el peso que me han quitado de encima.

Raúl espera al inspector y a la subinspectora en *El Chiqui*, sentado en la terraza frente a una cerveza.

—Sin alcohol, inspector —le dice señalando la apetitosa jarra, blanquecina por el frío.

—Otra para mí —le dice el inspector al camarero.

—Lo mismo —dice Mónica, que parece bastante más animada que por la mañana.

—Me acaba de llamar mi mujer —dice Raúl. —Parece que María ya ha decidido cuando será el entierro de Clara. Al menos eso le ha contado Elena, que han logrado convencerla.

—¿Y cuándo será? —pregunta Mónica.

—El 17, por la mañana.

—Todavía quedan unos días —dice el inspector.

—Parece que el cuñado tiene una reunión de trabajo a la que no puede faltar. Y puede que vengan algunas amigas de Clara. María ha decidido que la enterrará aquí. Elena ha puesto el grito en el cielo. Dice que lo suyo sería enterrarla en Sevilla, que así podrían visitar la tumba, pero María ha sido tajante. Quiere que la niña se quede en la isla.

—Sus razones tendrá —dice Mónica, pensativa.

—También ha llamado Paula —añade Raúl.

—¿Ha podido hablar con su hermana? —pregunta Hernán, tras dar un trago largo a la cerveza.

—Sí, pero llamó angustiadísima porque su madre se había enfadado con ella. Nerea dice que no sabe de qué está hablando Paula, y al final, después de tanto insistir, se ha puesto a berrear histérica y cuando ha llegado la madre se ha armado una gorda. De todas formas, nos esperan. Paula le contó que había venido a vernos.

—Pues en cuanto acabemos esto... —dice Hernán, dando otro trago a la cerveza.

Raúl llama a la puerta entreabierta y pide permiso para entrar. Abre una Paula llorosa y, tras ella, una mujer de unos cuarenta años que parece cansada.

—Pasen, pasen —dice, mirando de reojo a Paula. —Está niña... siento que les haya molestado. Si es que vive en las nubes. Ahora, mira tú, no tiene otra cosa que hacer que meterse a detective.

—Quizá Nerea viese algo...—dice Hernán.

—¿Qué iba a ver? Si es una cría. Está muerta de miedo, pero es normal. Quería mucho a Clara y ya saben, es duro enfrentarse a algo así a cualquier edad, pero a la de Nerea aún más.

—¿Podemos hablar con ella?

—Si no queda más remedio. Pero, de verdad, está cada vez más asustada. Creo que la voy a mandar con mi hermano a Alicante unos días.

—Puede que sea lo mejor —dice Mónica.

En ese momento, aparece Nerea, con la cara desencajada, sujetando un muñeco de peluche entre los brazos.

—Hola, cariño —dice la madre, con aspecto preocupado. —Estos señores han venido...

—Ya los conozco —dice la cría. —Lo que dice mi hermana es mentira. Yo no he visto a nadie...—dice con la voz temblorosa.

—Está bien, Nerea. No te preocupes —dice Mónica, cerrando tras de sí la puerta.

Nerea mira hacia la ventana y se da la vuelta corriendo hacia la cocina. Está muy asustada. Mónica se sienta junto a ella, mientras Hernán y Raúl charlan con Paula y su madre en el salón.

—Nerea, tu sabes que yo soy policía, ¿verdad?

—Sí...

—¿Y sabes que los policías protegemos a la gente y que nunca les hacemos nada malo?

—Sí...

—Por eso, si tienes un secreto que pesa mucho, me lo puedes contar. No se lo diré a nadie.

—No tengo ningún secreto —dice la niña, con ojos asustados.

—Está bien. Tu hermana dice que soñaste cosas...

—No me acuerdo —contesta, mirando nerviosa hacia el salón.

—¿Tienes miedo de algo?

La niña no contesta. Las lágrimas comienzan a asomar a sus ojos.

—Lo que le ha ocurrido a Clara no tiene por qué volver a pasar, ¿sabes? Nosotros cogeremos a quien lo hizo, ¿de acuerdo? No debes tener miedo, pero si has visto algo que te pareciese extraño, aunque creas que es una tontería, debes decírnoslo. Así nos ayudarás.

—No he visto nada, de verdad —dice la niña, ya al borde del llanto.

—Está bien, Nerea.

Mónica decide abandonar el interrogatorio. La cría está asustada pero puede ser por todo lo que ha sucedido. Se acerca al salón, dan las gracias a Paula y a su madre y se despiden, mientras desde una ventana cercana, unos ojos espían los movimientos de los policías.

—No sé si ha visto algo. Está muerta de miedo —dice Mónica.

—Tendremos que volver a intentarlo —añade Hernán, mientras desaparecen calle abajo y las farolas comienzan a encenderse. Raúl se despide y Hernán y Mónica continúan su camino. En el hotel, se dicen adiós y, esta vez, les duele más que nunca despedirse.

Capítulo 17

Sí, llamo desde Tabarca, en Alicante. Sí...Jorge Redondo. ¿Es usted su hermano? Y no sabe dónde puedo localizarlo. ¿Sus padres...? Lo siento mucho, disculpe. Puede que en Emiratos Árabes. Sí... claro, tendrá que estar localizable. Bien, sí, en la comisaria. Gracias.

—Nada —dice Mónica al colgar.—No tiene ni idea del paradero de su hermano. Sus padres murieron hace unos años y de sus otros hermanos tampoco sabe mucho. Cree que Jorge puede estar en Emiratos Árabes, pero hace mucho tiempo que no mantienen el contacto.

—¡Joder! —dice Hernán.—El ADN tiene que ser de alguno de esa familia, pero ¿cómo vamos a localizarlos? No vamos a recorrernos España y parte del extranjero tomando muestras de primos, tíos y demás familia.

—He hablado con la comisaría del pueblo donde vive, y él mismo me ha prometido que pasará por allí para dejar la muestra correspondiente. De todas formas, parece que tiene una coartada sólida —contesta Mónica —Voy a probar con la embajada en Emiratos, a ver si hay suerte y localizo al padre. Aunque, en realidad, y según las pruebas, el padre queda descartado. El vínculo no puede ser tan directo.

—Ya, bueno, pero puede saber algo, ¿no? —dice el inspector apesadumbrado— Si es que esto es...En fin, de Sevilla, ¿sabemos algo?

—Nada. Paredes y el chaval ese no han reconocido al padre de Clara. Paredes dice que el tipo que estaba sentado con la muchacha no se parece en nada a Jorge Redondo —contesta Raúl.

—Pues estamos buenos. ¿Ha ido alguien a casa de los León a hablar con el sobrino? Es improbable, pero tenemos que tomarle muestra de ADN. Al fin y al cabo, son familia. Nos van a matar en Madrid con tanta prueba, ya verás.

—Iba a ir ahora —dice Mónica. —¿Me acompañas, Raúl?

—Eso no puede ser —dice Elena cuando Mónica y Raúl le explican que tienen que tomar muestras de ADN de su hijo. —Cuando Clara desapareció, Luis y Marta estaban en un campamento, en Huesca.

—Lo entendemos, pero es el protocolo.

—No, perdone, pero es una violación de los derechos de... —comienza a decir Elena, furiosa.

—¿Usted quiere ayudar a encontrar a quién mató a su sobrina o no? —pregunta Mónica, ahora bastante enfadada.

—Sí, claro, por supuesto. Pero mi hijo no tuvo nada que ver.

En ese momento, aparece Luis, un joven delgado y con aspecto tristón. Debe de haber estado ahí un rato, escuchando lo que decían.

—No pasa nada, mamá. Ayudaré en lo que sea —dice el chaval.

—No, Luis, tu no vas a dar ninguna muestra de nada — contesta Elena.

—Pero señora... —comienza a decir Raúl.

—Quiero que encuentren al que mató a mi prima. Voy a hacer esa prueba —dice el chico, sin que su voz se altere, pero con una confianza que logra acallar a su madre.

—Gracias —dice Mónica, sacando el palito que introduce en la boca del chico. Después, lo guarda en una bolsa que cierra herméticamente.

—Espero que ese cabrón se pudra en la cárcel —dice el chico, mirando fijamente a su madre.

—Vale, Luis, no te alteres. Es que...—dice mirando a los policías —está muy nervioso desde lo de Clara. Mercedes ha tenido que recetarle unos tranquilizantes y...

—Vale, mamá. ¿He acabado?

—Sí, puedes irte. Por cierto, ya sé que pasaste a hablar con nosotros por el puesto, pero ¿no te habrás acordado de algo que...?

—No, no sé nada más que lo que les conté.

Elena observa con preocupación como su hijo desaparece en su cuarto, y mira después con reproche a los policías.

—¿Qué tal está María? —pregunta Raúl para intentar suavizar la situación.

—Algo mejor, supongo. Estamos preparando el entierro y, bueno, no sé, esto es un desastre.

—Sentimos haberles molestado.

—Está bien. El daño ya está hecho —les dice, cerrando la puerta.

En su cuarto, Luis sube el volumen de un grupo rock hasta que su madre le pide que lo baje. Entonces, lo sube aún más. Elena da un portazo y sale a la calle. No aguanta ni un minuto más en esa casa de locos.

Hernán, mientras espera a que vuelvan sus compañeros, juguetea con el móvil. De la Embajada de Emiratos le acaban de decir que le enviarán un informe de Jorge Redondo, si es que lo encuentran. Entre los números de teléfono anotados, aparece el de Blanca. Varias veces ha tenido la tentación de llamarla, pero nunca ha reunido el valor suficiente. Además, ¿qué le diría? ¿que la sigue echando de menos, que vuelva, que ha pensado en suicidarse? Seguramente, Blanca le contestaría que madure, que la olvide, que busque, como ella, *al amor de su vida*. Espera que todo le salga mal y el viejo carcamal deje de deslumbrarla con sus artimañas de encantador de serpientes. Quiere verla llorando en su puerta, pidiéndole volver. Y claro que volvería, no va engañarse. Pasa el dedo por los botones del teléfono, dudando, deseando, temiendo. En ese preciso momento, Mónica y Raúl entran en la oficina, librándole de tomar decisión alguna.

—Aquí están las pruebas —dice Mónica, dejando la bolsa sobre la mesa.

—¿Sin problemas? —pregunta Hernán.

—Bueno, Elena se puso hecha un basilisco pero el chaval la cortó en seco. No parece que tengan muy buena relación.

—Con esa madre, es normal —dice Raúl, mientras revisa el correo electrónico. —Un mensaje de la Embajada de Emiratos. Dice que Jorge Redondo vive en Khawr Fakkan, que regenta un bar en una de las playas. Nos dan un número de teléfono y nos piden instrucciones por si es necesaria alguna intervención desde allí.

—Dales las gracias y diles que, de momento, esperen —dice Hernán, cogiendo el teléfono.

Raúl hace la ronda él solo. Mónica y Hernán continúan con la búsqueda de familiares de Clara, y aunque la isla está llena , no cree que tenga mayores problemas. La playa a esas horas está en calma; los turistas compran *souvenirs* en las tiendas del pueblo o degustan los platos típicos de la isla. Raúl saluda a los camareros que, en las terrazas, intentan atraer la atención de posibles comensales tardíos, a veces con éxito. Raúl les devuelve el saludo y se dirige hacia *El Camp*. A pesar del calor, que urge a refugiarse en algún local con aire acondicionado, siempre quedan grupos de amigos o parejas bañándose en las calas cercanas. Normalmente, gente que simplemente va a disfrutar del día, pero hay que echar un ojo por si alguno ha bebido más de la cuenta y monta bronca, o alguien necesita ayuda en el agua. Normalmente, hacen la vista gorda con las parejas que se acurrucan demasiado entre las rocas. Mientras no den un espectáculo del que pueda quejarse alguien, a ellos no les importa. Sudando, atraviesa la árida extensión de terreno, dejando a un lado la Torre de San José y el cementerio, hasta llegar a la Punta Falcó, donde Raúl se detiene a contemplar la Nau y la Naueta, los dos pequeños islotes donde grupos de gaviotas gritan y vuelan bajo, buscando comida. A la vuelta, bordeando la parte norte de *El Camp*, Raúl se topa con algunos muchachos que nadan entre las rocas. Ya en la playa, ahora casi desierta, ve a Nerea y a Paula junto a las duchas. Les envía un saludo con la mano. Pero las chicas están absortas en algo, porque ni siquiera le ven. Vuelve al pueblo, inspecciona las cuatro calles, y después se va a casa. Raquel ha prometido que cocinaría una lasagna, que los niños han celebrado con gritos de mami es la mejor. Raúl ha tenido que unirse al coro, porque de verdad cree que Raquel es la mejor madre del mundo, y porque la lasagna es su debilidad.

—No hay más Redondos en toda la geografía española —dice Mónica. —Los hemos llamado a todos.

—Tendremos que empezar con los Bullón, la familia de la madre de Jorge. Menos mal que no se apellidan García o Sánchez —dice Hernán, mirando el reloj.

—¿Te apetece comer conmigo? —pregunta Mónica a un asombrado Hernán.

— Claro, genial. ¿Dónde me llevas?

—Ya conoces El Mar, y seguramente casi todos los demás restaurantes, ¿verdad?

—Pues sí, la isla es demasiado pequeña para aventuras gastronómicas después de unas semanas.

—Vamos a casa. No tengo gran cosa: una ensalada y pollo asado que me sobró de ayer.

—Genial. Estoy un poco harto de arroces y mariscos. Me parece mentira que esté diciendo esto.

Al llegar a casa, Mónica prepara la comida, después de servir un par de copas de vino. Mientras corta los ingredientes para la ensalada, piensa que es la persona en la que menos se puede confiar. Hace un par de días había tomado la decisión de mantener la distancia con el inspector, y hoy, sin saber por qué, le ha invitado a comer a su casa. ¿Qué pensará? En fin, ya está hecho, así que no le va a dar más vueltas. Bastantes problemas tiene como para añadirse otro más.

—Me gusta tu casa —dice el inspector —y tu vino —añade, saboreándolo.

—Gracias. Es pequeña pero estoy muy a gusto aquí. La terraza —dice señalando al exterior —es una maravilla. Especialmente por la noche. Ver atardecer desde aquí es todo un lujo. Bueno, esto ya está.

Tras la comida, Mónica enciende un cigarrillo mientras prepara el café. Hernán la imita, sentándose en un sofá con vistas al mar.

—Esto es increíble —dice. —La verdad es que toda la isla es sorprendente. ¡Y pensar que me mandaron aquí como un castigo!

—¿Qué te pasó? —pregunta Mónica, sentándose junto a él.

—El último caso fue un desastre. Un asesinato relacionado con tráfico. La pifié y la banda escapó de rositas. Estaba en un mal momento personal y, no debería haber pasado, pero me afectó en mi trabajo.

—Somos humanos. Hay veces que uno no puede evitar dejar que se mezclen los problemas personales.

—Eso cuéntaselo a mis jefes.

—¿Estás mejor? —pregunta Mónica, con cierta cautela.

—A ratos. Venir aquí me ha sentado bien, pero las heridas tardan en curarse.

—A veces nunca lo hacen —añade Mónica, pensativa.

Hernán calla, temiendo remover el dolor de la subinspectora después de conocer parte de su trágica historia.

El silencio se hace incómodo y Mónica se levanta del sofá para recoger los platos. Hernán se levanta tras ella, para ayudarla. Sin hablar, dejan todo en su sitio y Mónica propone volver al puesto. Sus miradas se cruzan un momento, sólo un instante en el que Hernán siente que la mujer que tiene ante sí podría llegar a hacerle olvidar a Blanca. El momento pasa y los dos salen de casa de Mónica, camino del puesto.

En otra parte de la isla, en ese mismo momento, la voz de Nerea se quiebra. Tenía que haber vuelto a casa con Paula, pero se habían enfadado y su hermana, harta, le había dicho que se quedara en la playa si quería, que ella se marchaba a casa. Había caminado un rato entre las piedras, buscando conchas y se había despistado subiendo el camino hacia *El Camp*. Cuando se dio cuenta, estaba sudando por el calor y en medio de la nada. Después, apareció él y supo que, a partir de entonces, las cosas irían muy mal.

CAPÍTULO 18

La madre de Paula, sentada en la oficina del puesto, respira agitada y aprieta el borde de su falda con nerviosismo. Nerea no ha ido a comer a casa. Paula, a su lado, no para de llorar.

—Es culpa mía —dice entre sollozos. —No tuve que dejarla sola.

—Tienes que contarnos qué ha pasado —dice Hernán.

—Yo...estábamos en la playa y Nerea estaba segura de que un niño se estaba ahogando. Nos acercamos a la orilla pero no vimos nada. Le dije que parara de decir tonterías y... nos enfadamos... la cogí del brazo para volver a a casa y se puso hecha una furia. Se... se sentó en el suelo y no podía con ella. Al final, le dije que hiciese... que hiciese lo que quisiese. Que yo me iba a casa. Y me fui. Estuve... fui dándome la vuelta mientras caminaba, pero nada... no me seguía. Cuando llegué a casa, no había nadie y pensé en volver enseguida. Pero... pero me llamó Alberto y me entretuve. No... no volví a pensar en Nerea. Cuando llegó mi madre... —se para porque el llanto es ahora imparable.

—Cuando llegué a casa, encontré a Paula hablando por teléfono y empecé a poner la mesa. Había dejado la comida preparada y no reparé en que Nerea no estaba. Pensé que andaría jugando en su cuarto. Tuve que decirle a Paula que colgase, que íbamos a comer, y empecé a llamar a Nerea, pero... —intenta serenarse para continuar hablando —...no, no contestaba. Subí a su habitación y no estaba, busqué en el jardín y empecé a llamarla a voces, a decirle que no se escondiera. Paula, entonces, apareció con una expresión de angustia que me asustó. Me dijo que Nerea se había quedado sola en la playa.

—Quizá esté en casa de alguna amiga —dice Mónica.

—Antes de venir, hemos llamado a todas partes. Nadie la ha visto —dice la madre con lágrimas en los ojos.

—Es culpa mía —vuelve a repetir Paula, sin que su madre le lleve la contraria.

—Tranquila, Paula. Vamos a buscarla y ya verás como aparece —dice Mónica.

—Se la ha llevado el que mató a Clara

—¡No digas tonterías! —estalla la madre. —Si estuvieras en la tierra y no pensando en bobadas, Nerea no habría desaparecido

El llanto de Paula se intensifica y Mónica mira con reprobación a la madre, que no le devuelve la mirada.

—Vamos a salir ahora mismo a buscarla, ¿de acuerdo? —dice Hernán. —Ustedes intenten de nuevo hablar con los niños y con los padres, por si acaso.

—Vamos a casa del inglés ese —dice la madre —¿no decían que podía ser él el que...?

—Mitch no es sospechoso de nada, señora —contesta Mónica.

—Ya, pero no es de aquí, y... bueno, no sé, es que... —y entonces se echa a llorar.

Los policías se reparten la isla: Mónica va hacia la playa y pregunta por los restaurantes de la zona. Nadie ha visto a la niña. A esa hora hay mucho trabajo, dice uno de los camareros. Pregunta a los comensales, a los que quedan, porque la mayoría ya se ha ido. Raúl va al embarcadero y pregunta a los que esperan en el barco. Ni trabajadores ni turistas reconocen a la pequeña. *Pero han salido otros dos barcos hace una hora*, dice uno de los empleados del transporte. Esos turistas ya son imposibles de localizar. Pregunta también a los de los barcos privados. Nadie sabe nada.

Hernán inspecciona las calas, sube hasta *El Camp*, pero está desierto. No puede ser que se la haya tragado la tierra. El corazón palpita acelerado; otra desaparición más en un lugar tan pequeño no puede ser normal.

Se reúnen de nuevo en el puesto. Mónica coge las llaves de La Torre de San José y del cementerio, por si la niña hubiese entrado de alguna manera. Hernán y Raúl vuelven a peinar las calles y las casas en busca de Nerea.

En *El Cam*p, Mónica siente el calor de primeras horas de la tarde y se siente desfallecer. La cara de Nerea se le aparece una y otra vez. Agnès, Llora y todas las demás tenían edades parecidas a la de la hermana de Paula. Siente que la respiración se entrecorta, y tiene que pararse para calmar el ritmo cardiaco. Inspira hondo y retoma los pasos hacia la Torre. Da una vuelta alrededor, pero no hay nada sospechoso. Del manojo de llaves, escoge una que no abre la puerta. Las llaves le tiemblan en las manos. Consigue por fin dar con la buena. Dentro, la oscuridad y el fresco le dan un respiro, aunque siente escalofríos al entrar allí. Busca en todos los rincones pero no encuentra nada, así que sale al exterior donde el calor la pilla desprevenida. Unos pasos más allá, está la casa de labranza, un lugar totalmente abandonado, ocupado por jóvenes que se acercan a beber y a pasar la noche. Tampoco ve nada extraño. Tras el faro, el cementerio ofrece su propia aura de calma. Abre la puerta, y busca entre las lápidas. Quizá Nerea se ha escondido allí, aunque le parece improbable que una niña tan pequeña puede refugiarse en un lugar como ese. Abre la puerta del edificio que está completamente vacío. La puerta de las neveras permanece cerrada, pero Mónica la abre con cierta aprensión. Echa un vistazo desde la puerta, pero tampoco hay nadie. Excepto Clara, que continúa metida en una camilla metálica. Cierra la puerta con cierta brusquedad, y el sonido le hace dar un respingo. Abandona el cementerio lo más rápido que puede y después bordea la costa. No hay rastro de la niña.

Nadie, en toda la isla, parece haber visto a Nerea. Raúl le cuenta al inspector que se las encontró, a ella y a su hermana, según hacía la ronda. Supone que en aquel momento Nerea le contaba a su hermana lo del niño que se estaba ahogando, porque ambas miraban a un punto en el horizonte y ni siquiera le vieron. La alarma se extiende por Tabarca en poco rato. Los padres mantienen en casa a sus hijos y los turistas cogen el primer barco que pueden. Raúl, en el puerto, les pregunta a todos por la pequeña, pero sin éxito. Tiene que darse por vencido cuando, a las seis de la tarde, no queda un turista en la isla. Nadie se ha quedado a esperar el último barco.

María ha escuchado lo ocurrido, la hermana pequeña de Paula ha desaparecido. Siente el vello de la nuca erizarse y, sin pensarlo, se levanta de la cama y se viste. Va a ayudar a la familia a buscarla, como ellos hicieron cuando Clara desapareció. Elena en el salón la ve aparecer y le pregunta donde va.

—A buscar a la niña —dice María.

—¿A qué niña, María?

—A Nerea.

—No estás en condiciones de...

—¿Y tú? ¿qué condiciones son las tuyas? Ahí sentada sin hacer nada.

—No me parece que sea adecuado después de lo que nos ha pasado...

—¿Nos? Clara se me ha muerto a mí, Elena, a nadie más. Cuando pasen los meses, tu seguirás con tu vida. Mandarás a tus hijos a ese maldito internado para perderles de vista, y harás que Roberto baile como un payaso antes tus cambios de humor.

—¡María! Voy a pasártelo porque estás muy alterada, es normal.

—No, Elena, no estoy alterada. Tu nunca quisiste a Clara, nunca has querido a nadie, así que no pongas en tu boca el nombre de mi hija. Y menos para librarte de hacer cosas que no te gustan. Si quieres quedarte aquí viendo la tele, es tu problema. Yo voy a buscar a Nerea.

—Tu qué sabrás, hermana... —murmura mientras María cierra de un portazo.

La búsqueda se alarga durante toda la noche, aunque la escasa extensión de tierra les hace volver a buscar por lugares ya explorados. Pero irse a la cama supone abandonar, dar por hecho que Nerea está muerta. Con linternas avanzan grupos de hombres y mujeres, como si de la Santa Compaña se tratase. Desde los barcos amarrados en las aguas cercanas, se vislumbran focos de luz en casi cualquier parte de la isla. Los turistas que pasan las fiestas en el hotel o en casas alquiladas, también se han unido en la búsqueda de la pequeña Nerea. Paula, junto a sus padres, parece la imagen de la muerte: pálida, con el rostro desencajado y las lágrimas al borde de los ojos, no sabe ni qué está haciendo, ha perdido cualquier contacto con la realidad.

Cuando llega la mañana, los ánimos y el cansancio pueden con los habitantes de la isla, quienes, poco a poco, van a buscar descanso a sus casas. En su interior, todos piensan que la batalla está perdida.

En algún lugar oculto de ese pedazo de tierra, Nerea duerme con la ayuda de las drogas que le han obligado a ingerir. Ha intentado gritar, librarse de las cuerdas que la atan y de la mordaza que cubre su boca, pero no ha podido. Su ropa está manchada de orín, de sudor y de miedo. No quiere morir como Clara y, aunque es demasiado pequeña para saber cómo salir de allí, tiene la madura certeza de que jamás volverá a su casa.

CAPÍTULO 19

En la tercera noche que Nerea pasa fuera de casa, los grupos de búsqueda no han parado de caminar y buscar. Prácticamente todos piensan que es una pérdida de tiempo, que la cría estará ya en el fondo del mar, pero ni uno solo piensa abandonar a la familia. El día que ésta se de por vencida, dejarán de buscar, pero mientras tanto, echarán la linterna y una botella de agua, o de algo más fuerte según el caso, en sus mochilas y saldrán a la noche.

Mónica, en esa tercera noche de ausencia, en esas horas en que sus demonios insisten en visitarla, apura una copa de vino que le haga las veces de anestésico. La primera noche se unió a la búsqueda de la niña, pero Hernán ha dicho que deben descansar para poder trabajar al máximo. *De nada vale pasar las noches en vela*, ha dicho. *Tenemos que dedicarnos a seguir las pistas y, para ello, hay que estar frescos. No dormir, no va a ayudarnos a encontrarla.* La pasada noche, Mónica había esquivado las voces y las imágenes sin mucho problema. Llevaba veinticuatro horas sin dormir, así que había caído rendida en la cama. Pero ahora, las cosas no se le presentarían tan fáciles. Echa la sábana hacía atrás y se deja acariciar por la brisa que entra por la ventana. Estas últimas noches están siendo terriblemente calurosas. Da varias vueltas en la cama, sin lograr encontrar la posición perfecta. Suspira y cierra los ojos. Hay algo que la tiene inquieta y no logra saber qué es. Ha visto algo que no encajaba en su sitio, pero no recuerda dónde. Parece que el sueño la va atrapando y una sonrisa se dibuja en sus labios. Poder dormir es un lujo para Mónica.

Diana tenía nueve años cuando su madre, por primera vez, la dejó ir sola hasta el quiosco del barrio. Estaba a unas dos calles de su casa pero para Diana era como si el mundo entero se le ofreciese. Su tío le había dado la tarde anterior un par de euros para gastarlos en chucherías, y Diana había insistido para que su madre le permitiese ir sola. *Por fa, mami, todos mis amigos lo hacen,* había dicho la niña, poniendo en su boca un gesto infantil que hizo reír a la madre. *A mi tus amigos me dan igual, Diana,* había respondido, mientras seguía limpiando la cocina. *Pero es que ya tengo nueve años, mami. Se han empezado a reír de mí,* insistía la niña. Tras cargar el lavavajillas y con una bayeta amarilla en la mano con la que continuaría quitando las migas sobre la encimera, la madre de Diana le dijo *bueno, pero al quiosco y vuelta.* Un sonoro beso en la mejilla y un *gracias, mami,* fueron los dos últimos regalos que recibió Teresa de su hija.

Diana empujó la puerta del portal de su casa que siempre se quedaba atascada, se ató una zapatilla a la que se le habían desatado los cordones, y con el pecho henchido de alegría, se alejó de su calle. Iba pensando en las ventajas de hacerse mayor, en las golosinas que se iba a comprar, en que el verano ya estaba a punto de llegar y, sobre todo, pidiendo encontrarse a alguien conocido que la viese caminando sola. Pero la calle estaba desierta. El invierno, a pesar de la llegada oficial de la primavera, no terminaba de marcharse y esa tarde un viento helado alborotaba el cabello de la niña y la chaqueta demasiado fina. Diana comenzó a sentir cierta aprensión. Miraba las ventanas de los edificios próximos y las cortinas estaban echadas, nadie se asomaba a ellas. Apuró el paso, a la vez que se decía que era una niñata tonta, que se asustaba por cualquier cosa. Al final de la calle, por fin vio a alguien y su pulso se tranquilizó. El hombre, que se parecía mucho a su profesor de matemáticas, estaba apoyado sobre un coche blanco. Parecía que algo le había ocurrido. Diana continúo su marcha sin intención de dirigirle la palabra. Simplemente, el saber que había alguien más en la calle la tranquilizaba, pero no iba a infringir las normas de mamá la primera vez que salía. No hablaría a un desconocido, le dijese lo que le dijese. Pero el hombre, con un rictus de dolor en el rostro, le pidió ayuda. Había tropezado al salir del coche y no sabía si se había roto una pierna. Diana iba a pedir ayuda cuando el hombre la llamó de nuevo. Si le hacía el favor de llamar a su novia. Se le habían caído las gafas, *seguramente han ido a parar debajo del coche*, dijo, *y veo menos que un gato de escayola. Soy miope*, añadió con una sonrisa. Diana se acercó para coger el teléfono y, en ese momento, un empujón la mandó a la parte trasera del automóvil. Gritó y pataleó, intentó abrir las puertas pero el hombre ya había puesto en marcha el coche, y, tras amenazarla con una pistola, Diana calló. Según se alejaban, Diana contempló entre lágrimas el quiosco, el colegio y la casa de su amiga Rebeca.

Días más tarde, la niña apareció junto a un árbol, con la marca del asesino en su cuerpo. Aún guardaba en sus bolsillos los dos euros que ya nunca podría gastar.

Junto a la cama de Mónica, Diana juega con una muñeca. Le cepilla el pelo mientras habla con ella. Mónica no entiende lo que dice, solamente contempla extasiada como pasa sus dedos entre el pelo de la muñeca. Entonces, la niña la mira y sonríe, y Mónica, de nuevo, pierde la cordura.

Horas más tarde, sentada a la mesa de la cocina, Mónica comienza a ver sus manos sujetando a su eterna compañera. La botella ya ha perdido la mitad de su contenido y la subinspectora no recuerda ni siquiera haberla abierto. La angustia y la tristeza se apoderan de ella. Ni siquiera es capaz de llorar, siente el pecho cubierto por una pesada tela de araña. Los temblores son tan intensos que la botella se le cae de las manos, haciéndose añicos en el suelo. Algunos cristales se clavan en sus pies descalzos, pero ni se da cuenta. A ratos siente que el aire no le llega a los pulmones y tiene la certeza de que morirá asfixiada sobre esa mesa. Se abraza para intentar controlar el temblor, pero es inútil. El móvil, junto a ella, le parece de repente su única salvación. Marca el teléfono del inspector y esta vez no cuelga antes de que conteste.

Hernán se cruza por la calle con uno de los grupos que buscan a Nerea. Los saluda con un gesto de cabeza y apura el paso en dirección a casa de Mónica. La llamada le ha despertado de un profundo sueño y apenas ha entendido lo que la subinspectora quería decirle. Farfullaba palabras sin sentido y sus dientes castañeteaban como si tuviera fiebre. Ha salido del hotel lo más rápido que ha podido y cuando llega a casa de Mónica, llama con los nudillos a la puerta. No contesta nadie. Extrañamente, la puerta está cerrada. El inspector vuelve a llamar, pero sigue sin haber respuesta y es, entonces, cuando comienza a asustarse. Da la vuelta a la casa, pero no hay ninguna luz que le permita ver el interior. El lateral del muro que rodea la terraza no es demasiado alto. El inspector salta y reza para que la puerta de acceso al salón esté abierta. Tiene suerte. La abre despacio, llamando en voz baja a Mónica. Se adentra en el salón y, cuando sus ojos se acostumbran a la oscuridad, reconoce la silueta de la subinspectora. Está sentada a la mesa de la cocina, con la cabeza entre las manos. Se acerca despacio, avisándola de su llegada. A su paso, los cristales crujen bajo sus zapatos y Hernán contempla el desastre en el suelo. Se sienta a su lado y pone una mano en su hombro.

—Mónica, soy, ¿qué te pasa? —pregunta, realmente preocupado.

Mónica continúa en la misma postura, respirando agitadamente y sin parar de temblar. La coge y la levanta de la silla, conduciéndola con cuidado hasta la cama. Se tumba a su lado, y la rodea con sus brazos, como hizo en el hotel de Sevilla. Es lo único que se le ocurre para calmarla. Poco a poco, la respiración va haciéndose tranquila y los temblores pasan a ser pequeños espasmos. En un rato, Mónica duerme en los brazos de Hernán.

Una luz despierta al inspector, que no sabe muy bien donde está. Poco a poco, distingue la luna y el mar tras la ventana, y la terraza donde Mónica pasa parte de sus noches. Se ha quedado dormido en su cama. Mira hacia la luz que viene del baño y que, de repente, queda interrumpida por la silueta de Mónica. Así, en la penumbra, parece una niña desamparada.

—Te he despertado, lo siento —dice Mónica, acercándose a la cama.

—No pasa nada —contesta el inspector, incorporándose.

—Esto se está convirtiendo en una costumbre, ¿verdad?

—No es una mala costumbre, la verdad —dice Hernán levantándose. Es hora de irse. Mientras se pone los zapatos, Mónica se acerca. La luz de la luna deja ver el perfil de su cuerpo: sus caderas, su pecho firme, la pequeña curva de su vientre.

—Tienes que irte, ¿verdad? —le dice, mirándolo a los ojos.

—No lo sé, Mónica. Supongo que tendría que irme.

—Sí, seguramente tendrías que irte —dice, mientras se baja los tirantes de su camiseta.

Hernán coge su cara y se mira en esos ojos profundos y tristes. Acerca sus labios a los de Mónica y ella, despacio, pasa la lengua entre sus dientes. Le quita la camiseta y acaricia ese cuerpo que entrevió en la habitación de su hotel, ese que, desde entonces, ha deseado. Hernán acaricia su pecho, pasa sus labios por su vientre plano y se hunde entre sus piernas. Mónica siente que de golpe el terror desaparece de su piel, dejando paso al deseo. Juntos comienzan a deshacerse, aguantando hasta el último minuto, gritando cuando el placer no les da ninguna otra opción.

Mónica se tumba junto a Hernán, acariciando su pecho, avergonzada y feliz al mismo tiempo.

—Desde luego, como costumbre no está pero que nada mal —dice el inspector. —¿Me invitas a un cigarro?

Mónica se levanta hasta la cocina donde cree que ha dejado el paquete de tabaco. Vuelve con él y un cenicero que coloca sobre el vientre del inspector.

—No, tienes razón. Es una costumbre de lo más sana —dice, tumbándose de nuevo junto a él.

Encienden el cigarrillo y, en silencio, fuman. La brisa mueve las cortinas de la habitación y llega hasta sus cuerpos empapados en sudor.

—Esto nos va a traer problemas, ¿verdad? —pregunta Mónica.

—Sí, seguro. Pero —dice mirándola —no cambiaría lo que ha pasado por nada del mundo.

Mónica calla. Cambiaría su propia vida por volver a tener a Pau entre sus brazos. Hernán calla ante su silencio.

—No soy buena para ti, Hernán. Ni para nadie.

—¿Y eso? Si empiezo a contarte, no paro.

—Lo que me ocurrió...nunca volveré a ser la misma.

—Nadie permanece siempre igual. La vida es muy puta, Mónica, y de cada palo salimos siendo otros.

—Pero yo...yo ya no soy nada —y ahora el llanto sí hace acto de presencia. Pero esta vez las lágrimas arrastran penas, liberan el alma. Cuando acaba de llorar, Mónica mira a Hernán.

—¿Qué te contó Raúl el otro día?

—Lo de tu marido y tu hijo.

—¿Sabes por qué te llamé esta noche?

—No, en realidad, no.

—Lo de mi marido y mi hijo es lo peor que me ha pasado en la vida, pero quienes me persiguen en sueños, y a veces sin soñar, son las niñas a las que mi marido asesinó.

—¿Qué...?

—Victor Regás, ¿te suena?

Hernán hace memoria.

—¡Hostias!

—Ese era mi marido. Le amaba, no sabes cuánto. Y a mi pequeño Pau... ¡Lo echo tanto de menos! Nunca entenderé cómo, siendo policía, no me di cuenta de a quién había entregado mi vida. Era mi amigo, el mejor amante que nunca tuve, mi compañero y, finalmente, el padre de mi hijo. Creía conocerle tan bien o mejor que a mí misma. Y no dejo de darle vueltas a lo que ocurrió. Estaba loco, de remate, ¿cómo pudo engañarme así?

—Suelen hacerlo, Mónica, y tú lo tienes que saber. La mayoría de los psicópatas son gente encantadora.

—Lo sé, pero eso no me libra de culpa. Ver a los padres de esas crías, comprobar cómo les habían destrozado la vida. Si me hubiera dado cuenta antes del monstruo con el que vivía...

—Al menos no te hizo nada.

—Ojalá me hubiera matado. A mí la primera. Pero se fue de este mundo haciendo el mal, llevándose con él a mi niño, destrozándome. Nunca me quiso, eso solo lo supe al final, demasiado tarde. En la comisaría me enteré de que Víctor era sospechoso del caso de las niñas. Yo no estaba en el equipo, pero un compañero vino a avisarme. No me lo creía, les grité a todos, diciéndoles que se habían vuelto locos. Insistí en ir con ellos hasta mi casa y cuando llegamos... le había pegado un tiro a mi hijo y después se había metido la pistola en la boca. Fue un hijo de puta que se llevó lo que más quería —dice Mónica, con los ojos anegados en lágrimas.

Hernán la acerca a su cuerpo para abrazarla.

—La otra noche, en Sevilla, se me apareció una de las crías, Agnès.

Hernán va a protestar pero Mónica lo calla.

—Sí, ya sé qué vas a decir, que los fantasmas no existen. Yo tampoco creo en ellos, pero esas niñas vienen, se sientan junto a mi cama... puede que esté volviéndome loca de nuevo. Después de lo que ocurrió, me internaron en un psiquiátrico durante meses. Cuando salí, hice las maletas, pedí un traslado a un lugar tranquilo y amanecí en esta isla. Aquí he logrado ir curando ciertas heridas, otras no tienen curación posible. Y las visitas habían desaparecido casi del todo. Pero después de lo de Clara, no sé.

—¿Esta noche...?

—Sí, soñé con una de ellas. Cuando desperté estaba ahí mismo —dice, señalando el borde de la cama. —Diana, con nueve añitos; y todas las demás: Agnès, Llora, Carme y Marta. Todas vienen a mí y no tengo nada que decirles. Todas pesan sobre mi conciencia. Veo sus cuerpos maltratados por mi marido; violadas, quemadas, mutiladas; veo sus bragas manchadas junto a ellas. Pero ¿qué buscaba ese cabrón? Recuerdo a sus padres y el alma se me vuelve a hacer pedazos. Por eso, Hernán, no soy lo que andas buscando. He pegado tantas veces los trozos de mí misma que enseguida se despegan.

—No busco nada, Mónica —dice, acariciándole el pelo.

—Esto ha sucedido, y ya está. De hecho, si buscaba algo, era lo contrario: no volver a estar con una mujer.

—¿Fue una mujer la que...?

—Sí, se piró con otro. Un viejo que le lleva treinta años, ya ves. Me hizo mucho daño, así que por heridas que no quede. Puede que tengamos que curarlas juntos.

—Puede —dice Mónica, perdiéndose en la mirada del inspector.

El amanecer los encuentras enredados sobre la cama. Los primeros rayos de sol se cuelan por la ventana, despertando a Mónica. Al abrir los ojos y ver a Hernán a su lado, piensa que quizá no le importaría que formase parte de ese paisaje que cada mañana ve al despertar. Mientras prepara el desayuno, Hernán aparece con el pelo revuelto y un aspecto somnoliento. A Mónica le parece más atractivo que nunca. Se acerca a ella, abrazándola por la espalda, besando su cuello. Mónica se vuelve, sus labios se encuentra y el desayuno queda olvidado sobre la mesa.

Cuando llega Raúl al puesto, Mónica y Hernán ya están trabajando. La búsqueda de la noche tampoco ha tenido éxito. Las probabilidades de encontrar a la niña son cada vez menos. Las pistas se acaban en la playa. Las preguntas por la isla no han dado resultado: nadie ha visto nada. La puerta se abre y aparece María León, demacrada y con aspecto cansado.

—Buenos días, María —dice Raúl.

—Buenas a todos. Quería agradecerles lo que han hecho por nosotras y decirles, aunque supongo que ya lo sabrán, que mañana enterramos a Clara—. Con un pañuelo se seca las lágrimas, que parecen inagotables.

—Allí estaremos —dice Hernán.

—Gracias de nuevo. ¿Saben algo de las pruebas? Sé que mi sobrino dio una muestra...

—Sí, parece que se han encontrado coincidencias en el ADN de Clara y en unos restos que se encontraron...— Hernán no se atreve a dar detalles.

—Mi sobrino no ha hecho nada malo.

—Tenemos que agotar las posibilidades. María...— comienza a decir Hernán —...hablamos con el padre de Clara.

—¿Lo localizaron?

—Sí, vive en Emiratos Árabes y hace años que no sale de allí. Parecía muy afectado por la muerte de su hija.

—Ya no era su hija. Nunca se preocupó de ella cuando estaba viva, ¿de qué sirve ahora?

—Solamente quería comunicárselo. Él no ha tenido nada que ver. Investigamos al resto de familiares, pero se nos agota la lista.

—Alguno de esa maldita familia ha matado a mi niña. Tienen que encontrarlo.

—Eso intentamos, María, de veras —dice Mónica.

—Lo sé, lo siento, es que...

—No se preocupe. Lo entendemos. Mañana estaremos allí —dice Hernán.

—Gracias, de nuevo.

Hernán contempla a Mónica, que está callada y parece distante. Hace apenas unas horas que dejaron la cama y la sorpresa de un inicio. Teme lo que pueda ocurrir ahora, porque ni siquiera él está seguro de lo que ha pasado. Ha sido una noche extraña e increíble, pero el día cambia de color los sentimientos. La confusión es uno de ellos. Blanca está demasiado presente, aunque, por vez primera, en esas horas ya agotadas, su recuerdo se apagó como una vela. Cada uno de los segundos que pasó con Mónica fueron suyos, de ninguna otra mujer.

Mónica no puede dejar de pensar en que hay algo que ha pasado por alto. Intenta recordar cada uno de los lugares donde ha buscado a Nerea, pero quizá haya sido en otro momento, cuando el rompecabezas introdujo una pieza en un lugar que no le correspondía. Después, la piel se le eriza ante la imagen de Hernán, de sus cuerpos pegados, de sus ojos clavados en los suyos mientras el placer los arrastraba hacia ese lugar que, de cualquier otro modo, es inalcanzable. Quiere guardar para siempre ese recuerdo, para sacarlo las noches oscuras en que todo se vuelve sangre. Por si Hernán desaparece, está segura de que lo hará en cualquier momento. Siente un nudo en la garganta al pensarlo, empezando a echarlo de menos.

CAPÍTULO 20

Pedro ha sacado todos los ahorros que guardaba en un lata antigua y oxidada, con los que pensaba, quizá en un futuro lejano, visitar Londres. Se han enterado de que enterrarán a Clara en Tabarca y se ha sentido obligado a asistir al entierro. Aún ahora, frente al espejo del cuarto de baño, piensa que es una estupidez. Apenas la conocía e incluso puede que a la policía le parezca sospechosa su asistencia. Pero algo por dentro le empuja a hacerlo. No se lo ha dicho a nadie, le tacharían de loco. Ha reservado un vuelo a Alicante y una noche de estancia en la ciudad. Le habría gustado quedarse en la isla, pero el hotel le pareció demasiado caro para su presupuesto. Tenía planeado coger el barco de vuelta apenas terminara el entierro. Mete en la maleta un par de vaqueros limpios y una camisa azul oscuro, que le parece apropiada para la ocasión. Con el pequeño equipaje sale cuando ni siquiera ha amanecido, y se monta en el taxi que lo llevará al aeropuerto.

Durante el vuelo, Pedro está cada vez más nervioso. Tendría que haberlo pensado mejor, quizá sea mejor quedarse en Alicante y olvidarse de esa chica y de todo lo demás. Después de hablar con el inspector Villanueva y la subinspectora Esteller, había intentado buscar más información sobre *Argo Navis*, pero no había conseguido prácticamente nada. Leyó en los periódicos de Alicante que pudo buscar en la red todo lo publicado sobre la muerte de Clara León, pero no se explayaban en detalles. Apenas si recuerda su cara, al menos con nitidez. Es lógico, por otro lado. La vio un par de veces meses atrás. No había vuelto a pensar en ella hasta que la policía llamó a su puerta. El comandante avisa del inminente aterrizaje, rescatando a Pedro de sus pensamientos.

El embarcadero desde donde se parte para Tabarca está bastante lleno, pero, con suerte, logra comprar un billete para el primer barco. Son las diez de la mañana, así que aproximadamente a las once estará en la isla, lo que le deja tiempo suficiente para asistir a la misa que se oficiará a las once y media. La inquietud es máxima cuando se sienta en la parte alta del barco. No podría soportar meterse dentro, prefiere sentir la brisa del mar y, contemplando su inmensidad, olvidarse de lo que está haciendo.

Mónica aún no ha terminado de prepararse para el entierro de Clara, cuando escucha unos golpes en la puerta. Desde su dormitorio grita un "adelante y seas quien seas espera en el salón", mientras intenta rebuscar entre su ropa algo sobrio y acorde con el momento. Oye pasos que cada vez se acercan más a su cuarto y, cuando Mónica está a punto de gritar de nuevo el "quien sea que espere en el salón", entra Hernán que con un silbido admira su cuerpo en ropa interior.

—¡Joder, qué susto me has dado!

—¿Sí? ¿pensabas que era un ladrón que te iba a quitar... —comienza a decir Hernán mientras le desabrocha el sujetador negro de encaje —...esto?—. Lo tira al suelo y se abraza a Mónica. No ha podido evitarlo. La pasada noche ha sido la peor de su vida. Le dolía el vacío de su propio cuarto. Un par de veces estuvo a punto de levantarse y acercarse a su casa. Pero no estaba seguro de cómo le recibiría. La tarde anterior, tras el trabajo, la despedida había sido bastante fría. Pero esta mañana, tras desayunar, no ha podido soportarlo más. Si Mónica le tiraba los trastos a la cabeza, sabría a qué atenerse. Pero, en cambio, se ha pegado a su cuerpo como si llevara toda la vida esperándolo. Volver a hundirse en su piel es un sueño que beso a beso va convirtiéndose en realidad. La calma de las primeras caricias que encienden el fuego, se transforma en una tempestad en pocos instantes. Hernán ralentiza el juego, quiere más tiempo para descubrir cada milímetro de ese cuerpo que se convulsiona con sus caricias. Si por él fuera, el mundo quedaría congelado en ese instante y, durante la eternidad, pasaría su lengua y sus dedos por cada uno de los rincones del cuerpo de Mónica, escuchando sus gemidos, sintiendo sus manos entre su pelo, sus caderas moviéndose como el oleaje, intentando distinguir palabras inconexas saliendo de su garganta mientras el deseo amenaza con hacerla estallar. Y después, cuando el placer la haya saciado, disfrutar del suave tacto de su sexo empapado y penetrarla dulcemente.

Raúl los ve llegar y, sonriendo, intuye que la relación entre sus jefes ha ascendido varios peldaños. Se alegra por Mónica, aunque en su fuero interno sienta cierta desazón y, sí, un vago ataque de celos. Jamás le sería infiel a Raquel, pero desde que Mónica llegó a la isla, Raúl se convirtió en su amigo y confidente. Conoce todos sus secretos, sus malos ratos, su risa franca cuando los demonios la dejan tranquila. Ahora será el inspector quien comparta con ella esas noches en vela. Suspira y vuelve a alegrarse por la subinspectora. En ese momento, el cura llegado de Alicante comienza su homilía y el público congregado en la vieja iglesia de Tabarca guarda silencio. María, acompañada por su familia, se enjuaga una y otra vez los ojos. El féretro de su hija, blanco como la nieve, preside la ceremonia. Raúl escucha las palabras del sacerdote y le parecen faltas de sentido. Si él fuera el padre de Clara, no querría escuchar a nadie diciendo que su pequeña está ahora en un lugar mejor. ¿Cómo es posible que arrancar a una criatura del amor de su familia pueda convertirse en un acto de amor por parte de ese Dios? Decide dedicar su atención a sus propios pensamientos y olvidarse de ese cura larguirucho y pálido que intenta, sin éxito, confortar a los que quedan. Mira alrededor y comprueba que la iglesia está llena. Los amigos de Clara ocupan uno de los bancos traseros y gente que él no conoce asiste en pie a la ceremonia. Habrán venido de Sevilla a dar el último adiós a la muchacha. El ambiente es triste y tenso y Raúl está deseando salir de allí. Tienen que continuar con la búsqueda de la pequeña Nerea, que desgraciadamente, piensa Raúl, terminará en este mismo lugar.

Mónica comienza a sentirse mareada nada más entrar en la iglesia. Saluda con la cabeza a Raúl, al que le parece ver sonreír. Se apoya en el brazo de Hernán, quien la mira con preocupación. Con un gesto le dice que está bien, pero no es verdad. Desde que Víctor se llevó a su hijo, no ha vuelto a pisar una iglesia. Nunca fue muy creyente, mucho menos practicante, pero la injusticia de ver a aquellas niñas asesinadas y después a su propio hijo, la convenció de la inexistencia de ningún ser superior en quien confiar. Apenas recuerda el entierro de Pau, estuvo prácticamente inconsciente debido a las pastillas. Sus padres arreglaron todo: la misa, las flores, incluso la música. A ella la llevaron casi a rastras y la sentaron en un banco, desde donde lo único que era capaz de distinguir era el pequeño féretro, que le parecía ajeno. Recuerda las filigranas de la madera, los remaches dorados, las flores que lo rodeaban, y apenas nada más. En el cementerio, más tarde, el silencio era intimidatorio. Mónica escuchaba, entre nebulosas de irrealidad, el áspero roce de la pala en la tierra, y después como ésta producía un sordo chasquido al golpear el ataúd de Pau. Algunos llantos, algún murmullo cuando finalmente la lápida quedó colocada sobre su hijo, y su incapacidad para reaccionar. De allí, Mónica fue directamente al hospital psiquiátrico. No sabe donde enterraron a Víctor, ni le importa.

La misa va acabando y Mónica da gracias, porque no confía en sus fuerzas. Se da cuenta de que debe de estar haciendo daño a Hernán con la fuerza de su mano apretándole la muñeca. El inspector no dice nada, solamente la observa de vez en cuando, dispuesto a sacarla de allí cuanto antes. Salen de la iglesia y Hernán le susurra que no suba al cementerio, pero Mónica siente que debe de estar allí. El calor es asfixiante cuando emprenden la subida a *El Camp*. El tío de Clara y tres amigos de Sevilla cargan con el ataúd, mientras la mayoría de los habitantes del pueblo los siguen. Los turistas observan con curiosidad el cortejo fúnebre. Algunos hacen la señal de la cruz a su paso, otros miran hacia el mar, hacia la vida.

En el cementerio, la familia León se reúne en torno a la tumba. Elena y Luis sujetan a María, que está a punto de desfallecer. Hernán, a lo lejos, distingue a Pedro Haro. Le hace una seña a Mónica.

—¡Qué raro! —murmura Mónica al oído de Hernán.

—Sí que lo es. Ha tenido que venir desde Sevilla, que no está a tiro de piedra. A ver si podemos hablar después con él. Vamos a dar una vuelta por entre los asistentes, por si vemos algo extraño. Díselo a Raúl.

María, frente al agujero abierto en la tierra que se ha de convertir en cuna de su pequeña, siente que las piernas le fallan. Elena y Luis la sujetan, cada uno por un brazo. Marta, junto a Luis, no ha dejado de llorar. María ya no tiene más lágrimas que derramar. Roberto, frente a ellos, mira con tristeza el ataúd de su sobrina. Levanta la mirada y la posa en su cuñada. Entonces, María abre los ojos incrédula y pierde el conocimiento.

Pedro se ha colocado entre el grupo de amigos de Clara. No paran de llorar y de abrazarse. Sigue sin entender qué hace allí. El inspector le ha visto y seguramente sacará conclusiones equivocadas de su presencia en el entierro. Observa a la familia y se siente afortunado. Debe de ser terrible tener que enterrar a un hijo. Eso dice siempre su madre, y ahora la comprende. El corazón se le para durante unos instantes. Uno de los hombres que hay junto a la tumba estaba en la reunión de *Argo Navis* en la que conoció a Clara. Instintivamente, se aleja del grupo. Apoyado en una de las lápidas cercanas, respira hondo. Tiene que hablar con el inspector en cuanto todo esto acabe. En ese mismo momento, escucha gritos. Parece que la madre de Clara se ha desmayado. El revuelo es considerable, y Pedro decide salir de allí. Dará una vuelta por la isla y, más tarde, irá a hablar con la policía.

Llevan a María hasta el edificio del cementerio, dejando a los enterradores terminar con su trabajo. Luis y Marta parecen haber entrado en estado de shock, así que Elena decide llevarlos a casa. Roberto se encarga de su cuñada, mientras Mercedes la reconoce y le inyecta un tranquilizante. *Los nervios han podido con ella*, dice la enfermera, *es demasiada tensión. Que se quede aquí un rato y, más tarde la lleváis a casa. ¿Puedes tú...?*, le pregunta a Roberto que asiente. Raúl se ofrece a volver más tarde con un motocarro. Fuera, el cementerio se ha despejado. Centros de flores son el único vestigio de que acaban de enterrar a alguien. Mónica y Hernán atraviesan despacio *El Camp*. Vuelven al puesto y a la búsqueda de Nerea. La vida continúa y tienen mucho trabajo por delante. Paran en el bar de *El Masín* para tomar un refresco. Mónica aún está pálida y parece cansada. Se sienta a una de las mesas, abatidos, sin saber cómo retomar el caso, dónde buscar a la pequeña. Mónica, ensimismada en sus pensamientos, da pequeños sorbos de su vaso. Hernán mira al horizonte, al pedazo de mar que se vislumbra entre las callejuelas. Este caso se les está yendo de las manos, no hay duda.

—Mónica, tenemos que volver —le dice a la subinspectora que parece perdida en algún lugar muy lejos de allí.

—Sí, perdona. Vamos.

Cuando están a punto de llegar al puesto, Mónica se para en seco. De repente, todo encaja. Sin decir nada, sale corriendo ante la mirada atónita de Hernán.

—¡Mónica, Mónica! ¿Dónde vas? —pregunta asustado.

—¡Estoy bien. No te preocupes, ahora vuelvo! —grita la subinspectora mientras no deja de correr.

CAPÍTULO 21

Pedro ha recorrido las calles de la isla con una sensación de angustia oprimiendo su pecho. Aquel tipo estaba en la reunión de *Argo Navis*, está seguro. Quizá sea algún amigo, o incluso algún familiar. Puede que no tenga la menor importancia, pero tiene la sensación de que algo no funciona. Pregunta por el puesto de policía pero cuando llega está cerrado, así que continúa su paseo bajo un sol ardiente. No tiene ganas de comer, el susto le ha quitado el apetito. Compra una botella de agua en una tienda pequeña y oscura que le recuerda a aquellas de su niñez en el pueblo donde veraneaba con sus padres. Atraviesa la Puerta de San Gabriel y se sienta sobre las piedras a contemplar el mar. El calor es sofocante, echa un vistazo alrededor y al verse solo, se desnuda y se mete en el agua. La sensación es increíble. Nada entre las rocas sintiéndose el único habitante del planeta. Puede que lo mejor sea volver a casa y dejar todo este asunto, que posiblemente lo único que le traiga sean problemas. Pero su conciencia le obliga a vestirse y volver al puesto de policía que, por suerte, ya está abierto. Llama a la puerta y una voz lo invita a pasar. Entra con miedo, sin saber muy bien qué decir. Ahora todo le parece una tontería, quizá el hombre no fuese el que vio en la reunión.

—Hola, Pedro —saluda el inspector Villanueva. —¿Cómo tú por aquí?

—Pues no lo sé, la verdad. Me pareció correcto venir al entierro de Clara.

—Tus razones tendrás —añade el inspector desconfiado.

—Yo...no sé si esto que les voy a decir tiene sentido alguno pero...uno de los hombres que había en el entierro estuvo en la reunión de *Argo Navis*.

—¿Cómo? —dice el inspector asombrado.

—Sí, estaba cerca de la... de la fosa. Estoy casi seguro de que era él.

Hernán le enseña una foto del padre de Clara, por si acaso.

—No, ese no. No se parece en nada al tipo que vi en la reunión. Ni al que estaba en el cementerio.

—¿Dónde estaba? Quiero decir...

—Frente a la familia de Clara —dice el chico.

Raúl y Hernán se miran.

—¿Recuerdas qué ropa llevaba?

—Un traje negro, camisa blanca y corbata. Y gafas...de ver, quiero decir.

—¡Hostias, Raúl! Ese es...

— Pero, no puede ser...

—Vamos para allá —dice el inspector.

Sin despedirse de Pedro, los dos policías corren hacia el cementerio.

Mónica ha llegado hasta la Torre de San José. De repente había recordado: unos símbolos medio escondidos entre bidones y maderas en una esquina del edificio. Puede que se equivoque pero su intuición le dice que allí hay algo. Entra despacio y, como siempre, se sorprende ante la frescura del lugar. Se acerca a la pared donde le pareció ver pintados unos símbolos a los que no dio la mayor importancia. Pero, al recordarlos ahora, podrían parecerse a los del tatuaje de Clara. Retira los bidones que prácticamente tapan la pared y allí esta, la constelación de *Argo Navis*, la misma que Clara llevaba pintada en su cuerpo. El corazón le late tan deprisa que lo siente en la garganta. Inspira hondo, se tranquiliza y decide inspeccionar el lugar. Después, irá a avisar al inspector. De repente, un escalofrío la recorre. Debería haberle dicho a dónde iba. A primera vista, no hay señales de vida en la Torre. Rebusca en cada rincón sin encontrar nada que le parezca sospechoso. Más tranquila, se dirige hacia la puerta. Cuando hable con Hernán, decidirán qué hacer. Apenas un rayo de luz ha entrado por la puerta entreabierta, cuando Mónica vuelve la cabeza para echar un vistazo final. Y es entonces cuando ve la irregularidad del suelo: un cuadrado de piedra que sobresale del resto del piso. Desanda los pasos y se agacha para tocar el suelo. El cuadrado se extiende más allá de la parte visible, escondiéndose bajo un arcón. Lo retira con cuidado, apenas si pesa, y encuentra la argolla que abre el suelo. Despacio, sin hacer apenas ruido, lo levanta para encontrarse con una escalera y la oscuridad al fondo. Se apoya en la pared y baja el tramo de escaleras hasta el sótano. La oscuridad no le permite distinguir nada, pero siente que no está sola. Saca la linterna del bolsillo y cuando la enciende, se encuentra con la pequeña Nerea atada a una de las vigas, muerta o inconsciente, Mónica espera que sea esto último, y junto a ella a María León, amordazada y con los ojos abiertos y llenos de terror.

—Pero, ¿qué coño...? —comienza a decir la subinspectora instantes antes de sentir la cabeza estallar y sumergirse en la más profunda de las negruras.

Raúl y Hernán han cogido un motocarro de uno de los restaurantes de la playa y, a toda velocidad, dentro de lo posible con un automóvil de esas características, llegan hasta el cementerio. Cuando Hernán echa mano de la pistola, Raúl ahoga una exclamación.

—Esto va en serio, Raúl. Ve detrás de mí, no te separes. No sabemos cómo reaccionará.

Sigilosamente, atraviesan lápidas, nichos y llegan hasta la puerta del edificio que está abierta. Hernán entra primero, sujetando la pistola entre sus manos, y hace un barrido visual al interior. Nada. Abre después la puerta donde se encuentran las neveras, pero tampoco hay un alma.

—¡Joder! No están —dice el inspector.—¿Dónde pueden haber ido?

—No lo sé. Yo le traje el motocarro a Roberto hace un rato y después volví al puesto. Pero, ¿y si no es Roberto? A lo mejor se llevó a María a casa y eso es todo.

—Puede ser, no me fío de ese tal Pedro. ¿Por qué ha venido al entierro? Apenas si conocía a Clara.

—Vamos a casa de María —dice Raúl.

Ya en casa de las León, llaman a la puerta varias veces. Está cerrada a cal y canto y nadie responde. Raúl llama a la puerta de la vecina.

—Elena y los niños salieron, pero no sé a donde fueron. Me extraña que en un momento así... ¡ay, pobre María, con lo buenecita que es! —dice la vecina.

—Gracias, Luisa. Buscaremos por la isla...

—No creo que los encuentren. Llevaban maletas. Seguramente iban a coger el barco. Bueno, eso me pareció a mi, que no tengo yo ya la vista para muchos trotes.

Raúl y Hernán se miran sin saber qué hacer.

—Raúl, ve al embarcadero, a ver si los pillas. Pero esta gente, ¿qué coño hace?

—Sí, jefe.

—Voy a buscar a Mónica, no sé donde ha ido. Y avisaré desde el puesto de lo que está ocurriendo. A ver si pueden interceptar a la familia en Alicante.

Intenta llamarla al móvil pero el insistente mensaje de la isla le responde "el teléfono al que acaba de llamar, no está disponible en estos momentos".

Mónica despierta con un terrible dolor de cabeza y sin saber dónde se encuentra. Todo está oscuro y, de pronto, el terror la paraliza. Víctor ha vuelto a por ella. Intenta mover brazos y piernas pero pronto se da cuenta de que está atada. Cuando sus ojos se acostumbran a la oscuridad, reconoce dos bultos al fondo del sótano. Recuerda a Nerea y a María León, ambas atadas y amordazadas. Latigazos de dolor le atraviesan las sienes, impidiéndole pensar con claridad. La vista se le emborrona y, entre lapsos de consciencia e inconsciencia, la pequeña Carme se acerca a ella. La última víctima de Víctor se arrodilla junto a Mónica, mirándola con atención. Tiene la cara sucia, el vestido azul hecho jirones y del centro de su cuerpo cuelgan vísceras ensangrentadas. Mónica intenta hablar con ella, pero las palabras no salen de su boca. Es incapaz de articular sonido alguno. El miedo que le encoge el estómago, le niega la palabra. Miedo a que Víctor vuelva. Lo que quiere decirle a Carme es que se vaya, que huya, que si se queda la encontrará y volverá a hacerle daño. La niña, sin embargo, parece feliz en ese sótano hediondo y frío.

A la última persona que vio Carme antes de tener la desgracia de encontrarse con Víctor, fue a su abuela, una mujer menuda y nerviosa que la había cuidado desde que era una bebé. Desde que las niñas comenzaron a desaparecer, Eladia jamás dejaba a su nieta fuera del alcance de su pobre vista. Desde el colegio, y de camino a casa, la vigilaba mientras jugaba con sus compañeras de colegio, y si se alejaba unos pasos más de la cuenta, Eladia la llamaba para que volviera a su lado. Al resto de madres, aunque preocupadas por sus hijos, les parecía excesivo el celo de la abuela con su nieta. Posiblemente, a la pequeña Carme también, pero adoraba a aquella mujer. Al fin y al cabo, se había criado con ella. A sus padres los veía los fines de semana, y durante ese par de días, echaba de menos a Eladia, su cama, su casa y sus comidas. Sus padres se le hacían extraños, con su afán por divertirla las pocas horas que pasaban con ella. Organizaban los fines de semana como auténticos maratones para que Carme fuese feliz. Ella era demasiado pequeña para poder explicar sus sentimientos, pero siempre deseaba que esos días pasasen pronto para volver con su abuela. El día en que Carme desapareció, Eladia estuvo nerviosa toda la mañana. Los niños iban de excursión con el colegio y la mujer no podía evitar pensar en todas las cosas terribles que podían pasarle a la niña: un accidente con el autobús, que se atragantara con algún alimento, que se perdiese o que, fuese quien fuese el que secuestraba niñas y las mataba, se hiciese con su nieta. *Eres una vieja tonta*, se repetía mientras limpiaba por segunda vez el polvo del salón. Cuando a la una y veinte sonó el teléfono de su casa, el corazón le dio un brinco y supo que algo había ocurrido.

Los profesores de la clase de primero de primaria del Colegio Alexandre Gali, ni se explicaban lo sucedido, ni había consuelo para ellos. No sabían con exactitud cuando había desaparecido la niña, a pesar de la supuesta vigilancia estricta del equipo educativo. Simplemente, a la hora de comer, Carme no estaba. Los niños dijeron que la habían visto hablar con un hombre, pero las descripciones variaban de un niño a otro. La policía supuso que estaban demasiado afectados por todo lo que estaba sucediendo. Días más tarde, el cuerpo de Carme apareció en un parque, atado a un columpio, quemado y mutilado. Sus bragas manchadas colgaban de uno de sus pies.

Cuando la investigación se intensificó, un testigo declaró haber visto a la niña con un hombre mientras se dirigían al parking del zoo. Recordaba a la niña porque llevaba un vestido igual al de una de sus hijas. Cuando lo llevaron a comisaría para tomarle declaración, señaló con espanto una de las fotos que colgaban de la pared. Aquel era el hombre, confesó, acercándose a una fotografía en la que aparecía Víctor en un colegio, rodeado de niños. La instantánea se había tomado hacía unos años, cuando Víctor acudía a los centros educativos para informar a los chavales del peligro de acercarse a las drogas. El policía que le tomaba declaración no daba crédito, pero el hombre insistió tanto que terminó por avisar a su superior. Después, todo fue de mal en peor. Avisaron a Mónica de lo que había ocurrido, y se encaminaron a su casa para hablar con Víctor. Éste los vio llegar y supo que lo habían descubierto. Con su pistola, disparó a su hijo en la cabeza y después se quitó la vida.

Mónica cierra los ojos porque el dolor es cada vez más agudo. Necesita ir a un hospital pero Víctor no dejará que salga de ese sótano, está convencida. Nerea y María no se mueven, es mala señal. Intenta hacer algún ruido que las despierte, pero su libertad de movimientos es mínima. De pronto, nota una mano gélida y viscosa acariciando su pierna. La pequeña Carme sonríe y cuando lo hace burbujas de sangre explotan en su boca. Mónica comienza a gritar y entonces se abre una puerta. Aterrada, ve aproximarse una figura, la de Víctor. Suplica que no les haga daño, pero el hombre se acerca y se agacha junto a ella.

—Cállate, zorra —le dice una voz que no es la de Víctor —no abras la boca si no quieres que te mate aquí mismo.

—¿Pero, quién...?

Y el hombre la golpea con la mano abierta, haciendo que el cerebro de Mónica pierda la conexión con la realidad.

—Esto no tiene ni pies ni cabeza —le dice Hernán a Raúl. —¿Qué pinta Roberto en todo esto? No es familiar de Clara y... joder, ¿dónde se habrá metido Mónica?

—Jefe, yo estoy preocupado —dice Raúl.

—Y yo también, Raúl. Voy a salir otra vez a buscarla. Quédate a ver si contestan los de Alicante. Si pudiéramos hablar con Elena... es que esto...no entiendo nada.

Ya en la calle, Hernán enciende un cigarrillo para calmar la ansiedad. Tiene que encontrar a la subinspectora lo antes posible, pero no tiene idea de por dónde empezar. Pasa por el hotel y pregunta a Ramón si por casualidad la ha visto, pero el recepcionista apenas si ha levantado la cabeza del ordenador. Baja a las calas del pueblo, pero no hay señales de Mónica. Atraviesa la ciudadela y se acerca a los restaurantes, que ya están cerrados, excepto el *Pata de Palo*, que es de los pocos que dan cenas. Benito, el dueño, dice que vio a Mónica correr hacia *El Camp* hacía unas horas. Pero después, no había vuelto a verla. Hernán, asustado, le da las gracias y aprieta el paso. En el cementerio no puede estar, ya lo registraron antes. Las calas están vacías, pero baja hasta la orilla por si le hubiera ocurrido algo. El mar y las rocas, nada más. En ese momento, suena el móvil. *¡Qué sea Mónica, por favor!*, piensa el inspector. Pero en la pantalla aparece el número de Raúl.

—Jefe, menos mal. Llevo un rato llamando. ¿Ha encontrado a Mónica?

—Nada, no hay señales de ella. ¿Qué pasa?

—Han llamado de Alicante. Tienen a Elena y a su familia en la comisaria. Elena debe de haber puesto el grito en el cielo. Pero Luis, el chaval, ha cantado.

—¿Cómo?

—Les ha contado a los compañeros que sus padres pertenecen a una secta, la *Argo Navis*.

—¡No me jodas!

—El chico está muy asustado. Dice que hace tiempo descubrió unos vídeos donde sus padres aparecían en orgías con adolescentes. Dice que son como rituales. Está aterrado, el pobre.

—¿Han interrogado a Elena?

—Se niega a hablar hasta que llegue su abogado.

—¡Hostias, Raúl! Lo teníamos delante de los ojos.

—¿Y si Mónica...?

Se corta la comunicación en ese momento. Hernán maldice la isla y desanda sus pasos. Hablará de nuevo con Benito. Mónica no puede andar muy lejos.

CAPÍTULO 22

María siente las piernas entumecidas y la garganta seca. Lo último que recuerda fue la impresión que le causó descubrir que Roberto podía ser el asesino de su hija. Cuando lo vio frente a ella, con la mirada triste, y un arañazo en la cara, se dio cuenta de la verdad. Cuando Roberto y Elena comenzaron a salir, hubo un gran revuelo en la familia. Sus padres intentaron quitarle la idea a su hermana de que continuaran la relación, pero Elena siempre había hecho lo que le venía en gana. La primera vez que María vio a Roberto fue en el aniversario de boda de unos tíos lejanos de su madre. Era una rama de la familia con la que no mantenían demasiada relación, por no decir ninguna, pero los tíos habían decidido invitarlos al evento. Roberto era el único hijo de la pareja y, en consecuencia, primo de Elena y María. Los vínculos familiares no fueron bien vistos a la hora de emparejar a Elena y a Roberto. Pero aquello había pasado hacía tanto tiempo que para María, Roberto era, sencillamente, su cuñado. Una vez que se casaron, el episodio se terminó por olvidar y, por otro lado, tanto sus padres como los padres de Roberto habían muerto hacía tiempo. ¿Cómo era posible que no hubiese pensando en eso cuando el inspector le dijo que quien mató a Clara era de la familia? Mira a Nerea que hace tiempo que no se mueve. Espera que no esté muerta. Roberto se ha ensañado con la pobre niña, golpeándola hasta hacerle perder la consciencia. Mónica, al otro lado, llora y suplica a un tal Víctor. Supone que ha perdido la razón. ¿Cómo van a salir de allí? Quizá el inspector ande cerca. Si pudiera hacer ruido, llamar la atención de alguien. Pero es improbable que nadie pueda escuchar nada desde fuera, y si lo intenta se arriesga a que ese cabrón la mate.

Mónica escucha las palabras del hombre que se agacha a su lado. Sabe que no es Víctor pero no es capaz de dejar de pronunciar su nombre. Tiene que calmarse. Poco a poco, los latidos de su corazón se aplacan y la mente, a pesar del dolor de cabeza, parece aclararse. Roberto, el cuñado de María, es quien le susurra al oído que va a matarla. Baja la cabeza, no quiere mirarlo. Espera que se canse y las dejé un rato a solas. Hernán tiene que estar buscándola.

Paula ha salido de casa porque no aguanta más la tensión. Desde que Nerea desapareciese, aquello parece más un velatorio que un hogar. Además, y aunque nadie diga nada, sabe que todos la culpan. Ella misma lo hace. Dejó a su hermana pequeña sola, jamás se lo perdonará. Atraviesa las calles llenas de gente a esa hora y se sienta en la Plaza de Carloforte. El calor es asfixiante, así que busca refugio bajo una palmera. Piensa en el entierro de Clara, y en cuanto la echará de menos. No puede perder a dos personas queridas en tan poco tiempo, es injusto. Tiene que reconocer que, a veces, Clara la sacaba de quicio, como también lo hace Nerea, pero el dolor de perderlas es tan intenso que daría media vida porque volvieran a molestarla. Los pocos turistas que se han quedado en la isla pasan a su lado sin verla, absortos en las compras o admirando las vetustas casas de la isla. Suspira y pide con todas sus fuerzas que Dios le devuelva a su hermanita. En ese instante, ve al inspector cruzar a toda velocidad. Siente ganas de vomitar. Algo ha ocurrido. Sin decirle nada, lo sigue. Va hacia *El Camp*, ¿habrán encontrado a Nerea? Teme que esté muerta, pero el deseo de volver a verla la hace apurar el paso. El inspector bordea el terreno, intentando vislumbrar algo que Paula no ve. Baja a las calas y allí habla por teléfono. Al rato, el inspector abandona el lugar. *Falsa alarma*, piensa Paula, aliviada. Se sienta sobre una roca, entre la Torre de San José y la casa de labranza. Desde la desaparición de Nerea, su cuerpo parece haberse rendido. Está siempre cansada, al borde del llanto. La pandilla intenta animarla, pero, si tiene que ser sincera, no le apetece estar con nadie. ¡Extraña tanto a Clara! Ella habría sabido buscar la forma de animarla. El mar, frente a ella, le parece más inmenso que nunca. Incluso diría que inquietante. Nunca más nadará entre las rocas de la cala del Llop Marí, no podría sabiendo que el cuerpo de su amiga estuvo allí mientras todos la buscaban. Se levanta y es, en ese preciso momento, cuando escucha un grito. Se vuelve asustada. Mira alrededor pero no ve a nadie. Los turistas ya han dejado la isla, el último barco salió hace unos minutos. Otro grito paraliza su respiración. Viene de la Torre, está casi segura. Echa a correr hacia el pueblo y, mientras se aleja, va pensando que si hubiera sido Clara la que estuviese en su lugar, se habría acercado a ver qué ocurría. Es una cobarde. *Pero Clara está muerta,* piensa.

Hernán ha vuelto al *Pata de Palo*, pero Benito no tiene más información que darle. Hernán le ha obligado a llamar a los compañeros que acabaron el turno, a pesar de que Benito le asegura que estaba solo cuando Mónica pasó por allí como una exhalación. Como decía el camarero, ninguno de los demás había visto nada. No sabe qué hacer, si volver a *El Camp*, si acercarse al puesto o si coger una lancha y bordear la costa. En ese momento, llega corriendo Paula, a quien apenas le queda resuello para hablar.

—Gritos...gri...—comienza a decir con gran dificultad.

—Tranquila, Paula. Siéntate —le dice, señalando una de las mesas del restaurante. —Benito, trae un vaso de agua, por favor. Paula, escucha, respira hondo y tranquilízate.

Cuando Benito vuelve con la bebida, Paula, al menos, ha conseguido retomar un ritmo de respiración bastante decente.

—¿Qué ocurre? —pregunta el inspector.

—Lo seguí...yo...

—¿A quién?

—A usted. Vi que iba hacia *El Camp* y pensé...pensé que habían encontrado a mi hermana. Me quedé...un rato allí, junto a la Torre...la de San José y... y oí gritos. Dos...dos veces. Allí hay...hay alguien.

—¿Estás segura?

—Sí, señor...se...segura.

—Muy bien. Ahora ve a casa y tranquilizarte. Espera allí y no digas nada a nadie. En cuanto sepa algo, voy para allá. ¿Me has entendido?

—Sí...sí. El grito no era de mi hermana...no...no era su voz.

—Vale, Paula. Tranquila. Ve a casa.

Hernán llama a Raúl y, afortunadamente, la cobertura le da una tregua. Le pide que se reúna con él en la entrada a *El Camp*.

Minutos más tarde, Raúl y el inspector se acercan a la Torre. No se oye nada, el silencio es sobrecogedor. Intentan abrir la puerta sin éxito.

—¿Alguien tiene llaves de este sitio? —pregunta el inspector.

—Que yo sepa, nosotros...

—¿Las tenemos?

—Sí, señor. De eso se encarga Mónica. Las suele llevar con ella, por si hay algún problema cuando hacemos la ronda.

—¡Mierda! ¿Y quién más?

—Pues ahora mismo no...

En ese preciso instante, otro grito rompe la tranquilidad de la tarde. Hernán deja de dudar. Coge su pistola y pega un tiro a la cerradura. Los dos policías se abalanzan hacia la oscuridad.

Nerea lleva soñando casi toda la mañana. No ha escuchado los gritos de Mónica, ni ha vuelto a ver a Roberto, lo que le supone un profundo alivio. Nunca había tenido tanto miedo, ni siquiera aquella vez que fue a Alicante con sus padres y se perdió en el puerto. Quiere volver a dormirse, soñar de nuevo con su madre contándole un cuento. Pero Roberto está allí y habla con alguien. Los temblores vuelven a su pequeño cuerpo, le castañetean los dientes. Debe evitar, a toda costa, que Roberto vuelve a pegarla. Entrecierra los ojos para poder ver algo, y descubre que hay otra persona con ellos. También está atada, pero desde donde está no distingue quién es. Vuelve a cerrar los ojos con fuerza. Tienen que pensar que duerme.

Roberto se pone en pie y echa un vistazo, todo parece estar en orden. La pequeñaja no se mueve y María ha bajado la cabeza y no da señales de vida. Mejor así, no quiere líos. La hija de puta de la policía ha tenido que inmiscuirse donde no la llamaban, al igual que María. ¿Es que no tenía bastante con perder a su hija? Tendrá que matar a las tres, no le va a quedar más remedio. Seguramente, todo ha acabado y no tenga escapatoria, pero la *Argo Navis* cuidará de él, está seguro. Si logra salir de allí, quizá por la noche, envuelto en la oscuridad, sus compañeros vendrán a rescatarlo. Al fin y al cabo, se lo ha entregado todo, incluso a su Medea, esa niña a la que vio nacer, y después crecer y a la que siempre había amado. Hasta que conoció a la *Argo Navis* se había sentido avergonzado de sus sentimientos. Su sobrina era una cría de apenas seis años cuando Roberto se dio cuenta de que estaba enamorado de ella. Venía a sentarse en su regazo, mirándolo con aquellos enormes ojos negros, acurrucándose entre sus brazos, buscando quizás al padre que nunca tuvo. Y él tenía que morderse los labios para no acariciarla, para no subirla a su habitación y desnudarla despacio. Aquellos años habían sido un infierno, acentuado por la tiranía de Elena, a la que cada día despreciaba más. Sin embargo, cuando Jasón entró en su vida y comprendió que su amor por Clara tenía un sentido, comenzó a vivir de nuevo. Elena, finalmente, descubrió al grupo y se unió a él. Ambos volvieron a reconciliarse entre cuerpos jóvenes que compartían. Elena se libró de la pesada maternidad enviando a sus hijos a un internado y se dedicó por completo al grupo. Fueron años felices, tiene que reconocerlo, aunque siguiera sintiendo el vacío de Clara. Pero en el último año había hecho realidad su sueño. Clara tenía problemas con su madre, estaba creciendo y rebelándose contra el mundo. Y fue entonces cuando Roberto la invitó a unirse a la *Argo Navis*. Al principio tuvo miedo de que Clara lo contase todo, pero enseguida los miedos se acallaron. Clara parecía feliz con el grupo. Una noche, por fin, Roberto consiguió hacerla suya. Y fue entonces cuando comenzaron los problemas. Quiere creer que Clara lo amó. Su entrega fue absoluta, su pasión incontrolable. Elena no veía con buenos ojos aquella relación y, poco a poco, convenció al grupo de que Roberto se estaba perdiendo. Al mismo tiempo, Clara empezó a alejarse, se aburría, Roberto era demasiado serio. Tuvo que darse cuenta antes. Para Clara, la *Argo Navis* había sido una experiencia más y Roberto su primera aventura. Se volvió loco, la acosó, lloró desconsolado entre los brazos de Elena. La *Argo Navis* decidió que la chica era peligrosa y le ordenó acabar con ella. No quería hacerlo, nunca se habría atrevido, pero aquella mañana en que encontró a Clara en la cala... todo se vino abajo. Había ido a la isla a buscarla, a pedirle por última vez que se fuese con él, que lo acompañase al otro extremo del mundo para empezar una nueva vida juntos. Al principio, Clara, disgustada con sus amigos, había llorado en su hombro. Roberto la había consolado y, poco a poco, habían comenzado a besarse.

Habían hecho el amor sobre un islote de arena, abrigados por las rocas y el silencio. Roberto le había pedido de nuevo que olvidase todo y se fugara con él. Clara había comenzado a vestirse y a reír a carcajadas. Le dijo que ni aunque fuese el último hombre sobre la Tierra se iría con él, que le daba asco cuando la tocaba y que cuando hacían el amor pensaba en otro. Roberto entonces la tomó del cuello diciéndole que parase, pero Clara cada vez se reía más. Roberto apenas recuerda lo que ocurrió después. Supone que apretó el cuello de Clara hasta que su vida se apagó. Cuando descubrió que estaba muerta, lloró sobre su cuerpo tantas veces añorado y la llevó a la Torre. Tenía una copia de las llaves que había hecho hacía tiempo. María las tenía en un cajón, junto a las del cementerio. En los últimos años había pasado allí muchas horas durante los veranos que pasaba en Tabarca. Había convertido el sótano en un santuario. Le gustaba ir allí a meditar. Nunca le había dicho nada a Elena, prefería mantener el lugar en secreto. Aquella misma noche, cuando todos dormían sin saber aún que Clara había desaparecido, transportó el cuerpo en la barca alquilada que lo había traído hacia la isla, y lo escondió entre las rocas de la cala del Llop Marí. No quería dejarla en la Torre, el cuerpo se iría descomponiendo y no habría podido soportarlo. Seguramente, habría debido tirarlo al mar sin más, pero algo le impedía dejar a su Medea sumergirse en la profunda oscuridad de las aguas. Quizá, sencillamente, no tuvo valor para abandonarla y en su fuero interno deseaba que alguien la encontrase. Cuando María llamó a Elena para hablarle de la desaparición de Clara, su mujer le miró a los ojos y comprendió. Recuerda que sonrió, le tomó de la mano y le llevó al dormitorio. Hicieron el amor toda la tarde, sin que en ningún momento ninguno hablase de su sobrina.

Roberto se acerca de nuevo a Mónica, que ha cerrado los ojos porque el dolor de cabeza es insoportable. Le acaricia el cabello, tan negro como los ojos de Clara. Nerea observa por el rabillo del ojo la espalda del asesino y, sin saber de donde sacará las fuerzas, tira de la cuerda que le ata las manos. Ha sudado tanto que consigue sacar una mano. Si pudiese mover los pies, conseguiría acercar un martillo olvidado en una esquina. Lo intenta con el mayor sigilo del que es capaz. Mónica ha abierto los ojos y ha descubierto lo que Nerea intenta hacer. Tiene que mantener entretenido a Roberto como sea, a pesar de que el dolor parece abrirle el cráneo en dos mitades.

—¿Por qué lo has hecho? —pregunta la policía, mirándole a los ojos.

—No tuve más remedio —contesta Roberto, abatido. —Yo la quería, ¿sabes?

Intentando que la conversación no decaiga y Roberto no vuelva la vista hacia Nerea, Mónica inspira y continúa hablando.

—Estoy segura, pero entonces, ¿por qué la mataste? Si ella...

—¡También me quería! —grita el hombre —¡me quería, te enteras!

—Sí, sí...yo

Roberto le da una bofetada a la policía que siente como el cerebro bota en su interior. Tiene ganas de vomitar pero debe evitarlo, debe seguir hablando.

—¿Qué...qué hizo mal?

Roberto se sienta frente a ella. Un par de lágrimas asoman a sus ojos.

—Dejar de quererme. No pude soportar...se rió de mí, ¿sabes? Dijo...dijo que yo...yo le daba asco.

Y entonces, el martillo vuela hasta la cabeza de Roberto, quien no tiene tiempo de esquivarlo, y cae al suelo como un fardo. Nerea tiene los ojos muy abiertos y respira con dificultad.

—Tranquila, Nerea, tranquila. Soy Mónica. Eres muy valiente y vamos a salir de aquí. ¿Puedes desatarte? —pregunta Mónica a la niña que no parece capaz de moverse, ni siquiera de hablar.

—Tienes que desatarte, venga Nerea, por favor.

Ante el silencio de la niña, a Mónica solamente se le ocurre gritar. No tiene esperanza de que alguien pueda escucharla pero no sabe qué más puede hacer. Roberto comienza a gruñir en el suelo, está recuperando la consciencia.

—Nerea, vida, por favor, tienes que sacarnos de aquí.

El hombre se levanta tambaleándose y entonces Nerea comienza a gritar. Roberto se lleva las manos a la cabeza ante los gritos de la niña.

—¡Cállate, zorra! ¡Mi cabeza, mi...!

Va hacia ella y de una bofetada la sienta en el suelo. Mónica mira aterrada hacia la cría. Roberto va a matarla, está segura. Pero en ese momento, María se pone en pie y se lanza hacia su cuñado. Tiene las manos y los pies atados, y la fuerza ha cortado las muñecas que sangran dejando un charco de sangre bajo la mujer. Una vez en el suelo, Mónica empuja con el pie el martillo que Nerea logra coger de nuevo. Cierra los ojos y con toda la fuerza de que es capaz, lo descarga sobre la cabeza del asesino.

Cuando Hernán y Raúl consiguen llegar hasta las tres mujeres secuestradas. Nerea ha conseguido reaccionar y está desatando a Mónica. María en el suelo, como si fuera un fardo, no deja de llorar. Bajo la cabeza de Roberto se extiende un gran charco de sangre. Mónica alza los ojos al escuchar pasos y las voces de sus compañeros. Después, se deja abrazar por Hernán y es, entonces, cuando pierde todo contacto con la realidad.

Capítulo 23

Mónica abre los ojos por primera vez desde que la llevaron al hospital. Apenas recuerda nada y las anodinas luces del hospital la confunden. Quiere levantarse, huir de allí. Está convencida de que ha vuelto al sanatorio. Intenta hablar, pero apenas si puede dejar escapar un gemido. Hernán, a su lado, se levanta de un salto al ver que, por fin, tras tres días inconsciente, ha vuelto a la realidad.

—Soy yo, Mónica, tranquila. Soy Hernán. No te preocupes, estás en el hospital. Ya ha pasado todo —le dice, al tiempo que acaricia su pálido rostro. Enseguida, la subinspectora vuelve a sumergirse en la inconsciencia.

Hernán coge un libro de la mesilla de noche. Lleva allí desde que Mónica entró en el hospital. Tras redactar el informe de lo sucedido, ha pedido permiso a sus jefes para acompañar a la subinspectora Esteller. No han sido capaces de negárselo. El caso ha resultado un éxito, según sus parámetros, aunque a Hernán le hubiera gustado llegar a tiempo para haber pillado a ese canalla antes de que hiciese daño a Mónica. Sin embargo, es cierto que no ha habido más muertes, el asesino está recuperándose de las heridas en ese mismo hospital, bien custodiado y sin que ya suponga un peligro para nadie. María ha vuelto a Sevilla a continuar con su duelo. Ha llamado al inspector un par de veces para interesarse por la salud de Mónica. A Hernán, la última vez que habló con ella, le dio la sensación de que el mundo ya no era un lugar para la señora León. Quizá, y así lo deseaba, pudiese encontrar esa diminuta cuerda a la que asirse para poder continuar viviendo.

Enfrascado en la lectura, interrumpida a menudo por sus propios pensamientos, no ha escuchado la puerta al abrirse.

—Inspector... —susurra Raúl, asomando tan solo la cabeza.

—Pasa, pasa —le dice Hernán, invitándole a entrar.

—¿Qué tal está? —dice, haciendo un gesto hacia la cama.

—Se ha vuelto a despertar hace un momento. Los médicos han dicho que es normal, que poco a poco irá recuperando la consciencia.

—¿Cree usted que...?

—Han dicho que se recuperará por completo. Confío en ellos. De todas formas, no queda otro remedio. ¿Qué tal por la isla?

—Normal, después del alboroto, las cosas han vuelto a su cauce. Hoy me he escapado porque, por fin, me han mandado a un compañero.

—¿Y Nerea?

—La pobre aún está en estado de shock. Apenas si habla, pero según el médico también irá recuperándose. Creo que han aconsejado a los padres que la lleven a un psicólogo. Pobrecilla, es que lo que ha tenido que pasar.

—Y al menos no ocurrió lo peor —dice Hernán.

—Sí, sí, desde luego. A su hermana tampoco se le va el susto del cuerpo. La familia entera está hecha un manojo de nervios. ¿Sabe algo de Elena y los críos?

—A Elena la soltaron, no hay pruebas que la relacionen con el crimen. Aunque, si por mí fuera, se pudriría en la cárcel, porque aunque no le pusiera las manos encima a su sobrina, ocultó su muerte. Pero, en fin, eso sería justicia divina. Los críos se han marchado a un campamento en Irlanda y no se sabe si volverán.

—No me extraña, yo no lo haría —dice Raúl —. ¿Le traigo un café, inspector?

—Hombre, pues te lo agradecería.

Cuando Raúl sale de la habitación, Hernán retoma el libro y, de entre sus páginas, saca una carta. Acaba de recibirla esa misma mañana. Le comunican el cese de sus servicios en Tabarca y la vuelta a su puesto de trabajo habitual. Es increíble que pueda tener dudas cuando apenas ha pasado un mes de su vida en la isla, pero le han ocurrido muchas cosas, algunas increíbles.

Mónica abre los ojos, esta vez tranquila. Mira alrededor y descubre la cabeza de Hernán sobre un libro. Sonríe, está en buenas manos.

CAPÍTULO 24

Han pasado tres semanas desde que María enterrase a su hija en la isla. Volvió a su casa de Sevilla, pudo sentir el inmenso vacío de su ausencia y no dudó en tomar la decisión. Hoy, Hernán, Mónica, aún convaleciente y Raúl, bajan sus cabezas frente a la fosa otra vez abierta. María dejó dicho por escrito que quería ser enterrada junto a su hija. Fue de las últimas cosas que hizo antes de adentrarse en el mismo mar donde Clara flotó durante días. Como cuando enterraron a Clara, el pueblo entero se ha sumado al último adiós a María León. Cabizbajos, tristes y sorprendidos, los vecinos del pueblo aún no terminan de entender cómo ha podido pasar todo esto, en su isla tranquila, aburrida en muchas ocasiones. Cuando el sepelio se da por finalizado, el grupo vuelve a sus vidas, charlando unos con otros, intentando darse ánimos y respirando hondo por primera vez en semanas. La pesadilla ha terminado.

Raúl se despide de Mónica y el inspector, y vuelve a casa acompañado de su familia. Hernán le observa con una sonrisa en los labios. Le ha cogido cariño al policía, es imposible no hacerlo.

Al bajar del cementerio, atravesando *El Camp*, Hernán echa un brazo alrededor de los hombros de Mónica. Van despacio porque Mónica aún no está recuperada del todo. Además, le gustaría que estas horas se alargaran al máximo. Sus últimas horas en la isla.

—Tienes que irte, ¿verdad? —pregunta Mónica con la garganta cerrada por la tristeza.

—Lo siento. No sabría... no...

—No hace falta que digas nada. Vámonos a casa, tendremos que despedirnos.

Mónica se aferra a la cintura de Hernán y, atravesando *El Camp*, piensa que nunca ese mar que se extiende al fondo, ni ese cielo que cubre su amada isla plana, la que tuvo tantos nombres, *Planaria*, *Planesia*, *Alones*, el hogar de tantos pueblos que ahora se ha convertido en el suyo propio, nunca jamás serán tan hermosos como lo son en ese preciso momento.

NOTA DE LA AUTORA

Aunque esta historia se desarrolla en un lugar real, en la isla alicantina de Tabarca, tengo que admitir que, en realidad, solamente he pasado allí unos cuantos días, así que seguramente los tabarquinos y otros conocedores de la isla encontrarán errores o lugares que, en realidad, no existen. Como hablamos de ficción, nunca está de más dejar volar la imaginación e intentar transmitir, más o menos fielmente, la increíble experiencia de pasar al menos una noche en Tabarca. Sí quiero agradecer aquí la inestimable y altruista ayuda de José Manuel Blasco, de la Oficina de Turismo de Santa Pola, quien contestó rápidamente a mi mensaje pidiendo ayuda sobre ciertas partes de la isla y que resolvió todas mis dudas.

Salamanca, 26 de Diciembre de 2014

Printed in Great Britain
by Amazon